Translated Language Learning

Alice's Adventures in Wonderland

Pengembaraan Alice di Dunia Menakjubkan

Lewis Carroll

English / Bahasa Melayu

Down the Rabbit Hole
Turun Lubang Arnab

Alice was beginning to get very tired
Alice mula sangat letih
she was sitting by her sister on the grass bank
dia duduk di sebelah kakaknya di tebing rumput
but she had nothing to do
tetapi dia tidak mempunyai apa-apa kaitan
her sister was reading a book
kakaknya sedang membaca buku
once or twice Alice peeped into the book
sekali atau dua kali Alice mengintip ke dalam buku itu
but the book had no pictures or conversations in it
tetapi buku itu tidak mempunyai gambar atau perbualan di dalamnya
"what use is a book without pictures?," thought Alice
"apa gunanya buku tanpa gambar?," fikir Alice
"why would a book have no conversations?"
"Mengapa buku tidak mempunyai perbualan?"

but she had other things to consider
tetapi dia mempunyai perkara lain untuk dipertimbangkan
"making a chain of daisies would be a pleasure"
"Membuat rantai bunga aster akan menjadi keseronokan"
"but is it worth the effort of getting up and picking the daisies??"
"Tetapi adakah ia berbaloi dengan usaha untuk bangun dan memetik bunga aster ??"
this was not so easy to think about
Ini tidak begitu mudah untuk difikirkan
because the day was making her feel sleepy and stupid
kerana hari itu membuatkan dia berasa mengantuk dan bodoh
but suddenly her thoughts were interrupted
tetapi tiba-tiba fikirannya terganggu
a White Rabbit with pink eyes ran close by her
Arnab Putih dengan mata merah jambu berlari dekat dengannya

There was nothing overly remarkable about the rabbit
Tidak ada yang terlalu luar biasa tentang arnab itu
and Alice did not think the rabbit remarkable either
dan Alice juga tidak menganggap arnab itu luar biasa
nor did it surprise her when the Rabbit spoke
juga tidak mengejutkannya apabila Arnab bercakap
"Oh dear! I shall be too late!" he said to himself
"Oh sayang! Saya akan terlambat!" katanya kepada dirinya
sendiri
but then the Rabbit did something that rabbits didn't do
tetapi kemudian Arnab melakukan sesuatu yang tidak
dilakukan oleh arnab
the Rabbit took a watch out of its waistcoat-pocket
Arnab mengeluarkan jam tangan dari poket baju pinggangnya
he looked at the time and then hurried on
Dia melihat masa dan kemudian bergegas
Alice got to her feet, in amazement
Alice bangkit, kagum
she had never seen a rabbit with a waistcoat before!
Dia tidak pernah melihat arnab dengan baju pinggang
sebelum ini!
nor had she ever seen a rabbit with a watch!
dia juga tidak pernah melihat arnab dengan jam tangan!
Alice was burning with a new curiosity
Alice terbakar dengan rasa ingin tahu baru
and she ran across the field after the Rabbit
dan dia berlari melintasi padang selepas Arnab
she was just in time to see the rabbit disappear
dia tepat pada masanya untuk melihat arnab itu hilang
the rabbit hopped down into a large rabbit-hole
Arnab itu melompat ke dalam lubang arnab yang besar
In another moment, down went Alice after the rabbit!
Dalam sekejap lagi, Alice mengejar arnab itu!
The rabbit-hole went straight on like a tunnel
Lubang arnab terus seperti terowong
and the tunnel kept going for some distance
dan terowong itu terus berjalan agak jauh

and then the path suddenly dipped down
dan kemudian laluan itu tiba-tiba merosot ke bawah
Alice had not a moment to think about stopping herself
Alice tidak mempunyai masa untuk berfikir untuk menghentikan dirinya
she found herself falling down and down and down
dia mendapati dirinya jatuh dan turun dan turun
it seemed as if she had fallen down a very deep well
seolah-olah dia telah jatuh ke dalam perigi yang sangat dalam
Either the well was very deep, or she fell very slowly
Sama ada telaga itu sangat dalam, atau dia jatuh dengan perlahan
because she had plenty of time to fall
kerana dia mempunyai banyak masa untuk jatuh
as she was falling she could look all around her
Semasa dia jatuh, dia boleh melihat sekelilingnya
First, she tried to make out where she was going
Pertama, dia cuba mengetahui ke mana dia akan pergi
but the well was too dark to see anything
tetapi perigi itu terlalu gelap untuk melihat apa-apa
then she looked at the sides of the well
Kemudian dia melihat ke sisi perigi
and she noticed that there were cupboards all around her
dan dia perasan bahawa terdapat almari di sekelilingnya
and all around the well were book-shelves
dan di sekeliling perigi terdapat rak buku
here and there she saw maps and pictures hung upon pegs
Di sana-sini dia melihat peta dan gambar digantung pada pasak
She took down a jar from one of the shelves as she passed
Dia menurunkan balang dari salah satu rak semasa dia berlalu
the jar was labelled for its content
balang itu dilabelkan untuk kandungannya
"MARMALADE MADE FROM ORANGES"
"MARMALADE DIPERBUAT DARIPADA OREN"
but, to her great disappointment, the marmalade jar was empty
empty

tetapi, yang sangat mengecewakannya, balang marmalade itu kosong

she did not want to drop the empty marmalade jar

Dia tidak mahu menjatuhkan balang marmalade kosong

and her fall was very slow

dan kejatuhannya sangat perlahan

so she managed to put the marmalade jar into one of the cupboards

Jadi dia berjaya memasukkan balang marmalade ke dalam salah satu almari

Down, down, down she fall!

Turun, turun, turun dia jatuh!

Would the fall ever come to an end?

Adakah kejatuhan akan berakhir?

There was nothing else to do

Tiada apa-apa lagi yang perlu dilakukan

so Alice soon began talking to herself

jadi Alice tidak lama lagi mula bercakap dengan dirinya sendiri

"Dinah will miss me very much tonight, I should think!"

"Dinah akan sangat merindui saya malam ini, saya patut fikir!"

Dinah was Alice's cat

Dinah ialah kucing Alice

"I hope they'll remember her saucer of milk at tea-time"

"Saya harap mereka akan mengingati piring susunya pada waktu minum teh"

"Dinah, my dear, I wish you were down here with me!"

"Dinah, sayangku, saya harap awak berada di sini bersama saya!"

Alice felt that she was dozing off

Alice merasakan bahawa dia tertidur

and then suddenly, thump! thump!

dan kemudian tiba-tiba, berdebar! berdebar!

down she fell upon a heap of sticks

dia jatuh di atas timbunan kayu

and she landed on a pile of dry leaves

dan dia mendarat di atas timbunan daun kering
and finally the long fall down the hole was over
dan akhirnya kejatuhan panjang ke dalam lubang itu berakhir
Alice was not a bit hurt
Alice tidak terluka sedikit pun
and she jumped up within a moment
dan dia melompat dalam sekejap
She looked up, but it was all dark overhead
Dia mendongak, tetapi semuanya gelap di atas kepala
in front of her was another long corridor
di hadapannya terdapat satu lagi koridor panjang
and the White Rabbit was still in sight
dan Arnab Putih masih kelihatan
he was hurrying down the corridor
dia tergesa-gesa menyusuri koridor
There was not a moment to be lost
Tidak ada masa untuk hilang
off ran Alice like the wind
lari Alice seperti angin
around the corner turned the rabbit
di sekitar sudut menghidupkan arnab
she was just in time to hear the rabbit
dia tepat pada masanya untuk mendengar arnab itu
""Oh, my ears and whiskers"
""Oh, telinga dan misai saya"
"how late it's getting!"
"Berapa lewat lagi!"
She was close behind the rabbit
Dia berada dekat di belakang arnab
she turned around another corner
dia berpaling di sudut lain
but the Rabbit was no longer to be seen
tetapi Arnab itu tidak lagi dapat dilihat
She found herself in a long, low hall
Dia mendapati dirinya berada di dewan yang panjang dan
rendah
the hall was lit up by a row of ceiling lamps

Dewan itu diterangi oleh deretan lampu siling
There were doors all around the hall
Terdapat pintu di sekeliling dewan
but all the doors were locked
tetapi semua pintu dikunci
she walked all the way down one side of the hall
Dia berjalan sepanjang jalan ke satu sisi dewan
and she had walked all the way up the other side of the hall
dan dia telah berjalan sepanjang jalan ke seberang dewan
she had tried every door
dia telah mencuba setiap pintu
and she walked sadly down the middle of the hall
dan dia berjalan dengan sedih di tengah-tengah dewan
"how am I ever going to get out again?"
"bagaimana saya boleh keluar lagi?"

Suddenly she came upon a little table
Tiba-tiba dia terjumpa sebuah meja kecil
the table was made entirely of solid glass
meja itu diperbuat sepenuhnya daripada kaca pepejal
There was nothing on the table but a tiny golden key
Tiada apa-apa di atas meja kecuali kunci emas kecil
the key might belong to one of the doors!
kuncinya mungkin milik salah satu pintu!
but, alas! some of the locks were too large for the keys
tetapi, malangnya! beberapa kunci terlalu besar untuk kunci
and for the other locks the key was too small
dan untuk kunci yang lain kuncinya terlalu kecil
but, at any rate, the key opened none of the doors
tetapi, bagaimanapun, kunci itu tidak membuka pintu
but what was she to do?
tetapi apa yang perlu dia lakukan?
she went through the hall again
Dia pergi melalui dewan sekali lagi
and this time she noticed a low curtain
dan kali ini dia melihat tirai rendah
behind the curtain was a little door
Di sebalik tirai terdapat pintu kecil
the door was about fifteen inches high
pintunya kira-kira lima belas inci tinggi
She tried the little golden key in the lock
Dia mencuba kunci emas kecil di dalam kunci
and to her great delight, the key fit in the lock!
dan yang sangat menggembirakannya, kunci itu muat di dalam kunci!
Alice opened the door
Alice membuka pintu
and she found the door led into a small corridor
dan dia mendapati pintu itu menuju ke koridor kecil
the corridor was not much larger than a rat-hole
koridor itu tidak jauh lebih besar daripada lubang tikus
she knelt down and looked along the corridor
Dia berlutut dan melihat di sepanjang koridor

and she saw the loveliest garden you have ever seen
dan dia melihat taman paling indah yang pernah anda lihat
how she longed to get out of that dark hall
bagaimana dia rindu untuk keluar dari dewan gelap itu
how she wanted to wander among those bright flowers
bagaimana dia mahu mengembara di antara bunga-bunga terang itu
how cool refreshing those fountains looked
betapa sejuknya menyegarkan air pancut itu kelihatan
but she could not even get her head through the doorway
tetapi dia tidak dapat memasukkan kepalanya melalui pintu
"Oh," said Alice, mournfully
"Oh," kata Alice, sedih
"how I wish I could fold up like a telescope!"
"betapa saya berharap saya boleh melipat seperti teleskop!"
"I think I could fold up like a telescope"
"Saya rasa saya boleh melipat seperti teleskop"
"if I only knew how to begin"
"jika saya hanya tahu bagaimana untuk bermula"
Alice went back to the table
Alice kembali ke meja
there was the chance of finding another key
Terdapat peluang untuk mencari kunci lain
or there might be a book of rules
atau mungkin ada buku peraturan
the book could tell her how to fold up like a telescope
Buku itu boleh memberitahunya cara melipat seperti teleskop
This time she found a little bottle
Kali ini dia menemui botol kecil
"this bottle certainly was not here before," said Alice
"botol ini pastinya tidak ada di sini sebelum ini," kata Alice
and tied around the neck of the bottle was a paper label
dan diikat di leher botol itu ialah label kertas
the label was beautifully printed in large letters
label itu dicetak dengan indah dalam huruf besar
"DRINK ME"
"MINUM SAYA"

"No, I'll look first," she said
"Tidak, saya akan lihat dahulu," katanya
"I'll see whether the bottle is marked as poisonous or not,"
"Saya akan lihat sama ada botol itu ditandakan sebagai
beracun atau tidak,"
because she never forgot the lesson about poison
Kerana dia tidak pernah melupakan pelajaran tentang racun
"if a bottle is labelled poisonous, it's bound to disagree with
you"
"Jika botol dilabelkan beracun, ia pasti tidak bersetuju dengan
anda"
However, this bottle was not marked as poisonous
Walau bagaimanapun, botol ini tidak ditandakan sebagai
beracun
so Alice ventured to taste the content of the bottle
jadi Alice memberanikan diri untuk merasai kandungan botol
itu
she found the liquid quite to her liking
dia mendapati cecair itu agak sesuai dengan keinginannya
the drink had a sort of mixed flavour
minuman itu mempunyai sejenis rasa campuran
cherry-tart, custard, and pineapple
ceri-tart, kastard, dan nanas
roast turkey, toffee, and toast with hot butter
ayam belanda panggang, toffee, dan roti bakar dengan
mentega panas
and she soon finished off the bottle
dan dia tidak lama kemudian menghabiskan botol itu
"What a curious feeling!" said Alice
"Perasaan yang ingin tahu!" kata Alice
"I am folding up like a telescope!"
"Saya melipat seperti teleskop!"
And she was folding up like a telescope indeed!
Dan dia memang melipat seperti teleskop!
She was now only ten inches high
Dia kini hanya sepuluh inci tinggi
and her face brightened up at her thoughts

dan wajahnya cerah melihat fikirannya
now she was the the right size for the little door
sekarang dia adalah saiz yang sesuai untuk pintu kecil itu
now she could go into that lovely garden
Sekarang dia boleh pergi ke taman yang indah itu
soon she stopped getting smaller
tidak lama kemudian dia berhenti menjadi lebih kecil
she decided on going into the garden at once
Dia memutuskan untuk pergi ke taman sekaligus
but, alas for poor Alice!
tetapi, sayangnya untuk Alice yang malang!
she got to the door
dia sampai ke pintu
but she had forgotten the little golden key
tetapi dia telah melupakan kunci emas kecil itu
she went back to the table for the key
Dia kembali ke meja untuk mendapatkan kunci
but she found she could not reach high enough
tetapi dia mendapati dia tidak dapat mencapai cukup tinggi
she could see the key quite plainly through the glass
dia dapat melihat kunci dengan jelas melalui kaca
she tried to climb up the legs of the table
Dia cuba memanjat kaki meja
but the glass was far too slippery
tetapi kaca itu terlalu licin
eventually she tired herself out with trying
akhirnya dia letih dengan mencuba
and the poor little girl sat down and cried
dan gadis kecil yang malang itu duduk dan menangis
Alice spoke to herself rather sharply
Alice bercakap kepada dirinya sendiri dengan agak tajam
"Come, there's no use in crying like that!"
"Ayo, tidak ada gunanya menangis seperti itu!"
"I advise you to stop right this minute!"
"Saya menasihati anda untuk berhenti sebentar ini!"
She generally gave herself very good advice
Dia biasanya memberi nasihat yang sangat baik kepada

dirinya sendiri
though she very seldom followed her own advice
walaupun dia sangat jarang mengikut nasihatnya sendiri
and she sometimes was too harsh on herself
dan kadang-kadang dia terlalu keras terhadap dirinya sendiri
and her words brought tears into her eyes
dan kata-katanya membawa air mata ke matanya
Soon her eye fell upon a little glass box
Tidak lama kemudian matanya tertuju pada sebuah kotak
kaca kecil
the little glass box was lying under the table
kotak kaca kecil itu terletak di bawah meja
in the glass box was a very small cake
Di dalam kotak kaca terdapat kek yang sangat kecil
on the cake some words were beautifully written
Pada kek beberapa perkataan ditulis dengan indah
the words had been marked in currants
kata-kata itu telah ditandakan dalam kismis
"EAT ME"
"MAKAN SAYA"
"Well, I'll eat the cake," said Alice
"Baiklah, saya akan makan kek itu," kata Alice
"and if the cake makes me grow larger, I can reach the key"
"dan jika kek itu membuatkan saya membesar, saya boleh
mencapai kuncinya"
**"and if the cake makes me grow smaller, I can creep under
the door"**
"dan jika kek itu membuatkan saya menjadi lebih kecil, saya
boleh merayap di bawah pintu"
"so either way I'll get into the garden"
"jadi walau apa pun saya akan masuk ke taman"
"and I don't care which of the two happens!"
"dan saya tidak peduli yang mana antara kedua-duanya
berlaku!"
She ate a little bit of the cake
Dia makan sedikit kek
and she anxiously spoke to herself:

dan dia dengan cemas bercakap kepada dirinya sendiri:
"Which way? Which way?"
"Arah mana? Ke arah mana?"
and she held her hand on her head
dan dia memegang tangannya di atas kepalanya
she wanted to feel which way she was growing
dia mahu merasakan ke arah mana dia membesar
she was quite surprised to find what had happened
dia agak terkejut apabila mengetahui apa yang telah berlaku
she had remained the same size!
dia kekal saiz yang sama!
so this time she doubled her efforts
jadi kali ini dia menggandakan usahanya
and soon she finished off the whole cake
dan tidak lama kemudian dia menghabiskan keseluruhan kek

The Pool of Tears
Kumpulan Air Mata

"This is getting more and more interesting!" cried Alice

"Ini semakin menarik!" jerit Alice

You can see she was very surprised

Anda boleh lihat dia sangat terkejut

"I'm opening out like the largest telescope there ever was!"

"Saya membuka seperti teleskop terbesar yang pernah ada!"

"Good-bye, feet! Oh, my poor little feet"

"Selamat tinggal, kaki! Oh, kaki kecil saya yang malang"

"I wonder who will put on your shoes for you now, dears?"

"Saya tertanya-tanya siapa yang akan memakai kasut anda untuk anda sekarang, sayang?"

"and I wonder who will put on your stockings?"

"dan saya tertanya-tanya siapa yang akan memakai stoking anda?"

"I shall be a great deal too far away"

"Saya akan terlalu jauh"

"I won't be able trouble myself about you anymore"

"Saya tidak akan dapat menyusahkan diri saya tentang awak lagi"

Just at this moment her head struck against something

Tepat pada masa ini kepalanya memukul sesuatu

she had reached the roof of the hall

dia telah sampai ke bumbung dewan

in fact, she was now more than two meters tall

sebenarnya, dia kini lebih daripada dua meter tinggi

and she at once took up the little golden key

dan dia segera mengambil kunci emas kecil itu

and she hurried off to the garden door

dan dia bergegas ke pintu taman

Poor Alice! There was not much she could do

Alice yang malang! Tidak banyak yang boleh dia lakukan

she laid down on one side

dia berbaring di satu sisi

and she looked through into the garden with one eye

dan dia melihat ke dalam taman dengan sebelah mata

but to get through was more hopeless than ever

tetapi untuk melaluinya lebih putus asa daripada sebelumnya

She sat down and began to cry again

Dia duduk dan mula menangis lagi

She went on shedding gallons of tears

Dia terus menitikkan gelen air mata

soon there was a large pool all around her

Tidak lama kemudian terdapat kolam besar di sekelilingnya

and the water reached half-way down the hall

dan air sampai separuh jalan ke bawah dewan

After a time, she heard a little pattering of feet

Selepas beberapa ketika, dia mendengar sedikit bunyi kaki

she heard the feet coming from the distance

dia mendengar kaki datang dari kejauhan

and she hastily dried her eyes to see what was coming

dan dia tergesa-gesa mengeringkan matanya untuk melihat
apa yang akan berlaku

It was the White Rabbit returning

Ia adalah Arnab Putih yang kembali

he was splendidly dressed

dia berpakaian cantik

he had a pair of white gloves in one hand

dia mempunyai sepasang sarung tangan putih di satu tangan

and he had a large feather fan in the other hand

dan dia mempunyai kipas bulu besar di tangan yang lain

He came trotting along in a great hurry

Dia datang berlari dengan tergesa-gesa

and he muttered to himself, "Oh! the Duchess, the Duchess!"

dan dia bergumam pada dirinya sendiri, "Oh! Duchess,
Duchess!"

"Oh! won't she be savage if I've kept her waiting!"

"Oh! bukankah dia akan biadab jika saya membiarkannya
menunggu!"

When the Rabbit came near her, Alice spoke
Apabila Arnab menghampirinya, Alice bercakap
but she spoke in a low, timid voice
tetapi dia bercakap dengan suara rendah dan malu-malu
"sir, please stop what you're doing for one moment"
"Tuan, tolong hentikan apa yang anda lakukan sebentar"
The Rabbit startled violently
Arnab itu terkejut dengan ganas
he dropped the white gloves and the feather fan
Dia menjatuhkan sarung tangan putih dan kipas bulu
and he scurried away into the darkness as fast as he could
dan dia bergegas pergi ke dalam kegelapan secepat yang dia
boleh
Alice picked up the feather fan and gloves
Alice mengambil kipas bulu dan sarung tangan
and she kept fanning herself while she kept talking
dan dia terus mengipasi dirinya sendiri semasa dia terus
bercakap
"Dear, dear! How strange everything is today!"
"Sayang, sayang! Betapa pelik segala-galanya hari ini!"
"yesterday things went on just as usual"

"Semalam keadaan berjalan seperti biasa"
"Was I the same when I got up this morning?"
"Adakah saya sama ketika saya bangun pagi ini?"
"But if I'm not the same, there is another question"
"Tetapi jika saya tidak sama, ada soalan lain"
"Who in the world am I?"
"Siapa saya di dunia ini?"
"Ah, that's the great puzzle!"
"Ah, itu teka-teki yang hebat!"
As she said this, she looked down at her hands
Semasa dia mengatakan ini, dia melihat ke bawah pada tangannya
she was wearing one of the rabbits little white gloves
Dia memakai salah satu sarung tangan putih kecil arnab
she hadn't noticed she put the glove on while talking
Dia tidak perasan dia memakai sarung tangan semasa bercakap
"How can I have done that?" she thought
"Bagaimana saya boleh melakukannya?" fikirnya
"I must be growing small again"
"Saya mesti menjadi kecil lagi"
She got up and went to the table to measure her height
Dia bangun dan pergi ke meja untuk mengukur ketinggiannya
she found that she was now about half a meter tall
Dia mendapati bahawa dia kini kira-kira setengah meter tinggi
and she was still shrinking rapidly
dan dia masih mengecut dengan cepat
She soon found out what the cause of the shrinking was
Dia tidak lama kemudian mengetahui apa punca pengecutan itu
the feather fan was making her smaller again!
kipas bulu itu menjadikannya lebih kecil lagi!
and she dropped the feather fan hastily
dan dia menjatuhkan kipas bulu itu dengan tergesa-gesa
she dropped the feather fan just in time to save herself
Dia menjatuhkan kipas bulu tepat pada masanya untuk

menyelamatkan dirinya

had she fanned herself any longer she would have shrunk away entirely

Sekiranya dia mengipasi dirinya lebih lama lagi, dia akan mengecil sepenuhnya

"That was a narrow escape!" said Alice

"Itu adalah pelarian yang sempit!" kata Alice

and she was a good deal frightened at the sudden change

dan dia sangat takut dengan perubahan mendadak itu

but she was very glad to find herself still in existence

tetapi dia sangat gembira mendapati dirinya masih wujud

"And now, off to the garden!"

"Dan sekarang, pergi ke taman!"

And she ran with all speed back to the little door

Dan dia berlari dengan semua kelajuan kembali ke pintu kecil itu

but, alas! the little door was shut again

tetapi, malangnya! pintu kecil itu ditutup semula

and the little golden key was lying on the glass table again

dan kunci emas kecil itu terletak di atas meja kaca lagi

"Things are worse than ever," thought the poor child

"Keadaan lebih teruk daripada sebelumnya," fikir kanak-kanak malang itu

"I never was so small as this before, never!"

"Saya tidak pernah sekecil ini sebelum ini, tidak pernah!"

As she said these words, her foot slipped

Semasa dia mengucapkan kata-kata ini, kakinya tergelincir

and in another moment there was a great splash!

dan pada saat lain terdapat percikan yang hebat!

she was up to her chin in salt-water

dia sampai ke dagunya dalam air masin

Her first idea was that she had somehow fallen into the sea

Idea pertamanya ialah dia entah bagaimana telah jatuh ke dalam laut

However, she soon realized what she was in

Walau bagaimanapun, dia tidak lama kemudian menyedari apa yang dia hadapi

she was in a pool of tears
dia berada dalam kolam air mata
the tears she had wept when she was two meters tall
air mata yang dia tangiskan ketika dia setinggi dua meter

Just then she heard something
Sejurus itu dia mendengar sesuatu
something was splashing about in the pool
ada sesuatu yang terpercik di dalam kolam
the splashing came from a little way off
percikan itu datang dari jarak yang agak jauh
and she swam nearer to see what the splashing was
dan dia berenang lebih dekat untuk melihat apa percikan itu
she soon saw that it was only a little mouse
dia segera melihat bahawa itu hanya seekor tikus kecil
the little mouse had slipped in to the water too
Tikus kecil itu juga telah menyelinap ke dalam air
Alice thought to herself about the situation
Alice berfikir sendiri tentang keadaan itu
"Would it be of any use to speak to this mouse?"
"Adakah gunanya bercakap dengan tikus ini?"

"Everything is so up-side-down down here"
"Segala-galanya sangat terbalik di sini"
"I should think very likely this mouse can talk"
"Saya harus fikir kemungkinan besar tikus ini boleh bercakap"
"at any rate, there's no harm in trying"
"Walau apa pun, tidak ada salahnya mencuba"
So she began trying to talk to the mouse
Jadi dia mula cuba bercakap dengan tikus itu
"Oh Mouse, do you know the way out of this pool?"
"Oh Tikus, adakah anda tahu jalan keluar dari kolam ini?"
"I am very tired of swimming about here, Oh Mouse!"
"Saya sangat bosan berenang di sini, Oh Mouse!"
The mouse looked at her rather inquisitively
Tikus itu memandangnya agak ingin tahu
the mouse seemed to wink with one of its little eyes
Tikus itu seolah-olah mengedipkan mata dengan salah satu
mata kecilnya
but the little mouse said nothing
tetapi tikus kecil itu tidak berkata apa-apa
**"Perhaps the mouse doesn't understand English," thought
Alice**
"Mungkin tikus itu tidak mengerti bahasa Inggeris," fikir Alice
"I dare say it's a French mouse"
"Saya berani katakan ia tikus Perancis"
"perhaps this mouse came over with William the Conqueror"
"mungkin tikus ini datang bersama William the Conqueror"
So she began again, in French
Jadi dia bermula lagi, dalam bahasa Perancis
"Where is my cat?" she asked in French
"Di mana kucing saya?" tanya dia dalam bahasa Perancis
it was the first sentence in her French lesson-book
ia adalah ayat pertama dalam buku pelajaran Perancisnya
The Mouse gave a sudden leap out of the water
Tikus itu tiba-tiba melompat keluar dari air
and the mouse seemed to quiver all over with fright
dan tikus itu seolah-olah menggemetar kerana ketakutan
"Oh, I beg your pardon!" cried Alice hastily

"Oh, saya mohon maaf!" jerit Alice tergesa-gesa

she was afraid that she had hurt the poor animal's feelings

Dia takut bahawa dia telah menyakiti perasaan haiwan malang itu

"I quite forgot you didn't like cats"

"Saya agak lupa awak tidak suka kucing"

"I don't like cats!" cried the Mouse in a shrill, passionate voice

"Saya tidak suka kucing!" jerit Tikus dengan suara yang melengking dan bersemangat

"Would you like cats, if you were me?"

"Adakah anda mahu kucing, jika anda saya?"

Alice comforted the mouse in a soothing tone

Alice menghiburkan tetikus itu dengan nada yang menenangkan

"Well, perhaps I would not like cats if I were you either"

"Baiklah, mungkin saya tidak akan suka kucing jika saya jadi awak juga"

"please don't be angry about the mention of cats"

"Tolong jangan marah dengan sebutan kucing"

"And yet I wish I could show you our cat Dinah"

"Namun saya harap saya boleh menunjukkan kepada anda kucing kami Dinah"

"if you met her I think you'd take a fancy to cats"

"jika anda bertemu dengannya, saya rasa anda akan menyukai kucing"

"if you could only see her"

"Jika anda hanya boleh melihatnya"

"She is such a dear, quiet thing"

"Dia adalah perkara yang sangat sayang dan pendiam"

The mouse was shaking all over

Tikus itu menggeletar di seluruh badan

Alice felt certain the mouse must be really offended

Alice berasa pasti tetikus itu mesti benar-benar tersinggung

"We won't talk about her any more, if you'd rather not"

"Kami tidak akan bercakap tentang dia lagi, jika anda lebih suka tidak"

"We, indeed!" cried the Mouse
"Kami, sememangnya!" jerit Tikus
the mouse was trembling down to the end of its tail
Tikus itu menggeletar ke hujung ekornya
"As if I would talk on such a subject!"
"Seolah-olah saya akan bercakap mengenai subjek
sedemikian!"
"Our family always hated cats"
"Keluarga kami sentiasa membenci kucing"
"cats; nasty, low, vulgar things!"
"kucing; Perkara yang jahat, rendah, kesat!"
"Don't let me hear the name again!"
"Jangan biarkan saya mendengar nama itu lagi!"
"I won't mention cats again indeed!" said Alice
"Saya tidak akan menyebut kucing lagi!" kata Alice
she was in a great hurry to change the subject
dia sangat tergesa-gesa untuk menukar subjek
"Are you... are you fond of dogs?"
"Adakah awak... adakah anda suka anjing?"
"There is such a nice little dog near our house,"
"Terdapat seekor anjing kecil yang bagus berhampiran rumah
kami,"
"I should like to show you the little dog!"
"Saya ingin menunjukkan kepada anda anjing kecil itu!"
"this little dog kills all the rats and...
"Anjing kecil ini membunuh semua tikus dan...
"oh, dear!" cried Alice in a sorrowful tone
"Oh, sayang!" jerit Alice dengan nada sedih
"I'm afraid I've offended you again!"
"Saya takut saya telah menyinggung perasaan awak lagi!"
**the mouse was swimming away from her as fast as it could
go**
Tikus itu berenang menjauhinya secepat yang boleh
and the mouse made quite a commotion in the pool
dan tikus itu membuat kekecohan di dalam kolam
So she called softly after the mouse
Oleh itu, dia memanggil dengan lembut selepas tetikus itu

"my dear mouse, please come back!"
"Tikus sayangku, sila kembali!"
"and we won't talk about cats"
"Dan kita tidak akan bercakap tentang kucing"
"and we don't have to talk about dogs either"
"Dan kita juga tidak perlu bercakap tentang anjing"
When the mouse heard this, it turned around
Apabila tetikus mendengar ini, ia berpaling
and the little mouse swam slowly back to her
dan tikus kecil itu berenang perlahan-lahan kembali
kepadanya
the mouse's face was quite pale
Muka tikus itu agak pucat
and the mouse spoke, in a low, trembling voice
dan tikus itu bercakap, dengan suara rendah dan gemetar
"Let us get to the shore"
"Mari kita pergi ke pantai"
"and then I'll tell you my history"
"dan kemudian saya akan memberitahu anda sejarah saya"
"and you'll understand why it is I hate cats and dogs"
"dan anda akan faham mengapa saya benci kucing dan anjing"
It had become high time to go
Sudah tiba masanya untuk pergi
because the pool was getting quite crowded
kerana kolam itu semakin sesak
other birds and animals had fallen into the pool
burung dan haiwan lain telah jatuh ke dalam kolam
there were a Duck and a Dodo
terdapat Itik dan Dodo
and there was a Lory bird and an Eaglet
dan terdapat seekor burung Lory dan seekor Eaglet
and there were several other interesting looking creatures
dan terdapat beberapa makhluk lain yang kelihatan menarik
Alice led the way out the pool
Alice mengetuai jalan keluar dari kolam
and the whole party of animals swam to the shore
dan seluruh kumpulan haiwan berenang ke pantai

A caucus race and a long tail
Perlumbaan kaukus dan ekor panjang
They were indeed a funny-looking bunch of animals
Mereka sememangnya sekumpulan haiwan yang kelihatan lucu
and they all assembled on the water's bank
dan mereka semua berkumpul di tebing air
the birds all had bedraggled feathers
Burung-burung itu semua mempunyai bulu yang diseret
and the furry animals were soaked through
dan haiwan berbulu itu basah kuyup
and all were dripping wet, annoyed and uncomfortable
dan semua menitis basah, jengkel dan tidak selesa

there was one question that had to be answered first
Terdapat satu soalan yang perlu dijawab terlebih dahulu
what is the best way for everyone to get dry?
Apakah cara terbaik untuk semua orang kering?
They had a consultation about this matter
Mereka telah berunding mengenai perkara ini

soon they were all on familiar terms
tidak lama kemudian mereka semua berada dalam istilah
yang biasa
it was as if she had known them all her life
seolah-olah dia telah mengenali mereka sepanjang hidupnya
the mouse seemed to be a person of some authority
Tikus itu nampaknya seorang yang mempunyai kuasa
tertentu
"Sit down, all of you, and listen to me!
"Duduklah, anda semua, dan dengar saya!
I'll soon make you all dry again!"
"Saya akan membuat anda semua kering lagi!"
They all sat down at once, in a large ring
Mereka semua duduk serentak, dalam gelanggang besar
and the little mouse sat in the middle
dan tikus kecil itu duduk di tengah
"Ahem!" said the mouse with an important air
"Ahem!" kata tikus itu dengan udara penting
"Are you all ready?"
"Adakah anda semua bersedia?"
"This is the driest thing I know"
"Ini adalah perkara paling kering yang saya tahu"
"Silence all around, if you please!"
"Diam di sekeliling, jika anda suka!"
"William the Conqueror was favoured by the pope"
"William the Conqueror telah disukai oleh paus"
"but he was soon submitted to by the English"
"tetapi dia tidak lama kemudian diserahkan kepada orang
Inggeris"
"they wanted leaders of late"
"Mereka mahukan pemimpin akhir-akhir ini"
"and they had been accustomed to power and conquest"
"dan mereka telah terbiasa dengan kuasa dan penaklukan"
"Edwin and Morcar, the Earls of Mercia and Northumbria"
"Edwin dan Morcar, Earl Mercia dan Northumbria"
"Ugh!" said the lori bird, with a shiver
"Ugh!" kata burung lori itu, dengan menggigil

"and even Stigand, the patriotic archbishop of Canterbury"
"dan juga Stigand, uskup agung patriotik Canterbury"
"he also found it advisable"
"Dia juga mendapati ia dinasihatkan"
"What did he find advisable?" said the duck
"Apa yang dia dapati dinasihatkan?" kata itik itu
"He found it advisable" the mouse replied rather crossly
"Dia mendapati ia dinasihatkan," jawab tikus itu agak bersilang
but the duck was not satisfied
Tetapi itik itu tidak berpuas hati
"of course, you know what 'it' means"
"Sudah tentu, anda tahu apa maksud 'itu'"
"I know what 'it' is when I find a thing," said the duck
"Saya tahu apa itu 'itu' apabila saya menemui sesuatu," kata itik itu
"it's generally a frog or a worm"
"Ia biasanya katak atau cacing"
"The question is, what did the archbishop find?"
"Persoalannya ialah, apa yang ditemui oleh uskup agung?"
The mouse did not notice this question
Tetikus tidak menyedari soalan ini
instead, the mouse hurriedly went on with the speech
sebaliknya, tikus itu tergesa-gesa meneruskan ucapan itu
"he found it advisable to go with Edgar Atheling"
"dia mendapati dinasihatkan untuk pergi dengan Edgar Atheling"
"to meet William and offer him the crown"
"untuk bertemu William dan menawarkan mahkota kepadanya"
the mouse continued, turning to Alice as it spoke
tetikus itu meneruskan, berpaling kepada Alice semasa ia bercakap
"How are you getting on now, my dear?"
"Bagaimana khabar awak sekarang, sayangku?"
"As wet as ever," said Alice in a melancholy tone
"Basah seperti biasa," kata Alice dengan nada sedih

"this story doesn't seem to dry me at all"
"Cerita ini nampaknya tidak mengeringkan saya sama sekali"
"In that case," said the dodo solemnly, rising to its feet
"Dalam kes itu," kata dodo itu dengan sungguh-sungguh, bangkit berdiri.
"I vote that the meeting be adjourned"
"Saya mengundi bahawa mesyuarat itu ditangguhkan"
"and I propose an immediate adoption of more energetic remedies"
"dan saya mencadangkan penggunaan segera ubat-ubatan yang lebih bertenaga"
"Speak real words!" said the eaglet
"Ucapkan kata-kata sebenar!" kata helang itu
"I don't know the meaning of half of those long words"
"Saya tidak tahu maksud separuh daripada kata-kata panjang itu"
"and, what's more, I don't believe you know either!"
"dan, lebih-lebih lagi, saya tidak percaya anda juga tahu!"
"What I was going to say," said the dodo in an offended tone
"Apa yang akan saya katakan," kata dodo itu dengan nada tersinggung
"the best thing to get us dry would be a caucus-race"
"Perkara terbaik untuk mengeringkan kita ialah perlumbaan kaukus"
"What is a caucus-race?" said Alice
"Apa itu perlumbaan kaukus?" kata Alice

"Well," said the dodo, "the best way to explain it is to do it"
"Baiklah," kata dodo, "cara terbaik untuk menjelaskannya
ialah melakukannya"
"First the dodo marked out a race-course"
"Mula-mula dodo menandakan padang perlumbaan"
"the track was in a sort of circle"
"Trek itu berada dalam sejenis bulatan"
"and then all the party were placed along the course"
"dan kemudian semua parti diletakkan di sepanjang laluan"
There was no "One, two, three and away!"
Tiada "Satu, dua, tiga dan jauh!"
but they began running when they liked
tetapi mereka mula berlari apabila mereka suka
and they also finished when they liked
dan mereka juga selesai apabila mereka suka
so it was not easy to know when the race was over
Jadi tidak mudah untuk mengetahui bila perlumbaan berakhir
after half an hour or so of running they were all quite dry
Selepas setengah jam atau lebih berlari, mereka semua agak
kering

the dodo suddenly called out, "The race is over!"
dodo tiba-tiba memanggil, "Perlumbaan telah berakhir!"
and they all crowded around the dodo
dan mereka semua bersesak di sekeliling dodo
all the animals were panting and puffing
semua haiwan tercungap-cungap dan terengah-engah
and they all wanted to know, "But who has won?"
dan mereka semua ingin tahu, "Tetapi siapa yang menang?"
This question the dodo could not immediately answer
Soalan ini dodo tidak dapat segera menjawab
first he had to do a great deal of thinking
Mula-mula dia terpaksa melakukan banyak pemikiran
after much thinking, the dodo finally spoke
Selepas banyak berfikir, Dodo akhirnya bercakap
"Everybody has won, and all must have prizes"
"Semua orang telah menang, dan semua mesti mempunyai
hadiah"
"But who is to give the prizes?" asked a chorus of voices
"Tetapi siapa yang akan memberikan hadiah?" tanya korus
suara
"Well, she, of course," said the dodo
"Baiklah, dia, tentu saja," kata dodo
and the dodo pointed with one finger to Alice
dan dodo itu menunjuk dengan satu jari kepada Alice
and the whole party of animals crowded around her
dan seluruh kumpulan haiwan berkerumun di sekelilingnya
they called out, in a confused way, "Prizes! Prizes!"
mereka memanggil, dengan cara yang keliru, "Hadiah!
Hadiah!"
Alice had no idea what to do
Alice tidak tahu apa yang perlu dilakukan
in despair she put her hand into her pocket
dalam keputusasaan dia memasukkan tangannya ke dalam
poketnya
and she pulled out a box of sweets
dan dia mengeluarkan sekotak gula-gula
luckily the salt-water had not got into the box

nasib baik air masin tidak masuk ke dalam kotak

and she handed the sweets around as prizes

dan dia menyerahkan gula-gula itu sebagai hadiah

There was exactly one piece for everyone

Terdapat betul-betul satu bahagian untuk semua orang

The next thing they had to do was to eat the sweets

Perkara seterusnya yang perlu mereka lakukan ialah makan gula-gula

this caused some noise and confusion

Ini menyebabkan sedikit bunyi bising dan kekeliruan

the large birds complained that they could not taste their sweets

burung-burung besar mengadu bahawa mereka tidak dapat merasai gula-gula mereka

the small ones choked and had to be patted on the back

yang kecil tercekik dan terpaksa ditepuk di belakang

However, it was over at last

Walau bagaimanapun, ia akhirnya berakhir

and they sat down again in a ring

dan mereka duduk semula dalam gelanggang

and they begged the mouse to tell them something more

dan mereka merayu tikus untuk memberitahu mereka sesuatu yang lebih

"You promised to tell me your history, you know," said Alice

"Anda berjanji untuk memberitahu saya sejarah anda, anda tahu," kata Alice

and she made another little remark about cats in a whisper

dan dia membuat satu lagi kenyataan kecil tentang kucing dalam bisikan

she didn't want to offend the mouse again

dia tidak mahu menyinggung perasaan tetikus itu lagi

the little mouse turned to Alice and sighed

tikus kecil itu berpaling kepada Alice dan menghela nafas

"Mine is a long and a sad tale!"

"Kisah saya adalah kisah yang panjang dan menyedihkan!"

"It is a long tail, certainly," said Alice

"Ia adalah ekor yang panjang, pasti," kata Alice

and she looked down with wonder at the mouse's tail
dan dia melihat ke bawah dengan tertanya-tanya pada ekor
tikus itu
"but why do you call it a sad tail?"
"Tetapi mengapa anda memanggilnya ekor sedih?"
**And she kept on puzzling about it while the mouse was
speaking**
Dan dia terus membingungkan mengenainya semasa tikus itu
bercakap
so that her idea of the tale was something like this
supaya ideanya tentang kisah itu adalah seperti ini

                    "Fury said to
                  a mouse, That
                   he met in the
                      house, 'Let
                        us both go
                         to law: *I*
                         will prosecute
                         you.——
                           Come, I'll
                        take no denial:
                      We must have
                    the trial;
                  For really
                this morning
            I've
            nothing
            to do.'
                Said the
                  mouse to
                    the cur,
                     'Such a
                        trial, dear
                          sir, With
                             no jury
                              or judge,
                               would
                                be wasting
                              our
                          breath.'
                       'I'll be
                     judge,
                I'll be
              jury,'
            said
            cunning
              old
                Fury;
                  'I'll
                     try
                        the
                          whole
                           cause,
                             and
                             condemn
                          you to
            death.'"

Fury said to a mouse, That he met in the house"

Fury berkata kepada seekor tikus, Bahawa dia bertemu di dalam rumah"

Let us both go to law: I will prosecute you

Marilah kita berdua pergi ke undang-undang: Saya akan mendakwa anda

Come, I'll take no denial: We must have the trial

Datanglah, saya tidak akan menafikan: Kita mesti mempunyai perbicaraan

For really this morning I've nothing to do

Untuk benar-benar pagi ini saya tiada apa-apa untuk dilakukan

Said the mouse to the cur;

Kata tikus kepada kurir;

Such a trial, dear sir, With no jury or judge, would be wasting our breath

Perbicaraan seperti itu, tuan yang dihormati, Tanpa juri atau hakim, akan membazirkan nafas kita

"I'll be judge, I'll be jury," said cunning old Fury

"Saya akan menjadi hakim, saya akan menjadi juri," kata Fury tua yang licik

I'll try the whole cause, and condemn you to death

Saya akan mencuba keseluruhan perjuangan, dan mengutuk anda hingga mati

the mouse spoke severely to Alice

tikus itu bercakap dengan keras kepada Alice

"You are not paying attention!"

"Anda tidak memberi perhatian!"

"What are you thinking of?"

"Apa yang kamu fikirkan?"

"I beg your pardon," said Alice very humbly

"Saya mohon maaf," kata Alice dengan rendah hati

"you had got to the fifth bend, I think?"

"Anda telah sampai ke selekoh kelima, saya rasa?"

"You insult me by talking such nonsense!"

"Awak menghina saya dengan bercakap omong kosong seperti itu!"

and the mouse got up and walked away
dan tikus itu bangun dan berjalan pergi
Alice called after the little mouse
Alice memanggil tikus kecil itu
"Please come back and finish your story!"
"Sila kembali dan selesaikan cerita anda!"
And the others all joined in chorus
Dan yang lain semua menyertai korus
"Yes, please do finish your story!"
"Ya, tolong selesaikan cerita anda!"
But the mouse only shook its head impatiently
Tetapi tikus itu hanya menggelengkan kepalanya dengan
tidak sabar
and the little mouse walked a little quicker
dan tikus kecil itu berjalan sedikit lebih pantas
"I wish I had Dinah, our cat, here!" said Alice
"Saya harap saya mempunyai Dinah, kucing kami, di sini!"
kata Alice
This caused a remarkable sensation among the party
Ini menyebabkan sensasi yang luar biasa di kalangan parti
Some of the birds hurried off at once
Beberapa burung bergegas pergi sekaligus
and a Canary called out in a trembling voice, to its children;
dan seekor Canary memanggil dengan suara gemetar, kepada
anak-anaknya;
"Come away, my dears!"
"Pergilah, sayangku!"
"It's high time you were all in bed!"
"Sudah tiba masanya anda semua berada di atas katil!"
with various excuses they all went away
Dengan pelbagai alasan mereka semua pergi
and Alice was soon left alone
dan Alice tidak lama kemudian ditinggalkan bersendirian
"I wish I hadn't mentioned Dinah!"
"Saya harap saya tidak menyebut Dinah!"
"Nobody seems to like her down here"
"Tiada siapa yang nampaknya menyukainya di sini"

"but I'm sure she's the best cat in the world!"
"tetapi saya pasti dia kucing terbaik di dunia!"
Poor Alice began to cry again
Alice yang malang mula menangis lagi
because she felt very lonely and low-spirited
kerana dia berasa sangat kesepian dan rendah semangat
In a little while, however, she again heard something
Walau bagaimanapun, dalam beberapa ketika, dia sekali lagi
mendengar sesuatu
a little pattering of footsteps in the distance
sedikit bunyi langkah kaki di kejauhan
and she looked up eagerly
dan dia mendongak dengan penuh semangat

The rabbit sends in little Mr Bill
Arnab menghantar Encik Bill kecil

It was the white rabbit,trotting slowly back again
Ia adalah arnab putih, berlari perlahan-lahan kembali lagi
he was looking about anxiously as he went
dia melihat sekeliling dengan cemas semasa dia pergi
he looked as if he had lost something
dia kelihatan seolah-olah dia telah kehilangan sesuatu
Alice heard him muttering to himself
Alice mendengar dia bergumam pada dirinya sendiri
"The Duchess! The Duchess! Oh, my dear paws!"
"Duchess! The Duchess! Oh, kaki sayangku!"
"Oh, my fur and whiskers!"

"Oh, bulu dan misai saya!"
"She'll get me executed, I'm sure of that"
"Dia akan membunuh saya, saya pasti akan itu"
"just as sure as ferrets are ferrets!"
"Sama pasti musang adalah musang!"
"Where can I have dropped my things, I wonder?"
"Di mana saya boleh menjatuhkan barang-barang saya, saya tertanya-tanya?"
Alice guessed in a moment what he was looking for
Alice meneka dalam sekejap apa yang dia cari
he was looking for the feather fan
Dia sedang mencari kipas bulu
and he was looking for the pair of white gloves
dan dia sedang mencari sepasang sarung tangan putih itu
so she very good-naturedly began looking for the gloves
jadi dia dengan baik hati mula mencari sarung tangan itu
and she looked for the feather fan too
dan dia juga mencari kipas bulu itu
but the gloves and feather fan were nowhere to be seen
tetapi sarung tangan dan kipas bulu tidak dapat dilihat
everything seemed to have changed since her swim in the pool
segala-galanya nampaknya telah berubah sejak dia berenang di kolam renang
nothing was the same since she had been in the great hall
Tiada apa yang sama sejak dia berada di dewan besar
and the glass table had vanished
dan meja kaca telah lenyap
and the little door wasn't there either
dan pintu kecil itu juga tidak ada di sana
Very soon the rabbit noticed Alice
Tidak lama kemudian arnab itu menyedari Alice
he called to her in an angry tone
Dia memanggilnya dengan nada marah
"Mary Ann, what are you doing out here?"
"Mary Ann, apa yang kamu lakukan di sini?"
"Run home this moment"

"Lari pulang kali ini"

"and fetch me a pair of gloves and a feather fan!"

"Dan ambilkan saya sepasang sarung tangan dan kipas bulu!"

"and be quick about it!"

"Dan cepat mengenainya!"

Alice spoke to herself as she ran off

Alice bercakap kepada dirinya sendiri semasa dia melarikan diri

"He must have mistaken me for his housemaid!"

"Dia pasti tersilap saya sebagai pembantu rumahnya!"

"How surprised he'll be when he finds out who I am!"

"Betapa terkejutnya dia apabila dia mengetahui siapa saya!"

As she said this, she came upon a neat little house

Semasa dia mengatakan ini, dia terjumpa sebuah rumah kecil yang kemas

on the door of the house was a bright brass plate

Di pintu rumah itu terdapat plat tembaga terang

"W. RABBIT"

"W. ARNAB"

She went in without knocking on the door

Dia masuk tanpa mengetuk pintu

and she hurried straight upstairs

dan dia bergegas terus ke tingkat atas

she worried that she might meet the real Mary Ann

dia bimbang bahawa dia mungkin bertemu dengan Mary Ann yang sebenar

because then she would be turned out of the house

kerana kemudian dia akan dihalau keluar dari rumah

and she wouldn't be able to find the feather fan and gloves

dan dia tidak akan dapat mencari kipas bulu dan sarung tangan

Alice had found her way into a tidy little room

Alice telah menemui jalan masuk ke dalam bilik kecil yang kemas

in the room was a table by the window

di dalam bilik itu terdapat meja di tepi tingkap

and on the table was a feather fan

dan di atas meja terdapat kipas bulu
and there were two or three pairs of tiny white gloves
dan terdapat dua atau tiga pasang sarung tangan putih kecil
she picked up the feather fan and a pair of the gloves
Dia mengambil kipas bulu dan sepasang sarung tangan
and she was just about to leave the room
dan dia baru sahaja hendak meninggalkan bilik
but then her eyes fell upon a little bottle
tetapi kemudian matanya tertuju pada botol kecil
She uncorked the bottle and put it to her lips
Dia membuka tutup botol dan meletakkannya di bibirnya
"I do hope it'll make me grow large again"
"Saya harap ia akan membuatkan saya membesar semula"
"I'm tired of being such a tiny little thing!"
"Saya bosan menjadi perkara kecil seperti itu!"
Alice had hardly drunk half the bottle
Alice hampir tidak minum separuh botol
her head was already pressing against the ceiling
kepalanya sudah menekan siling
and she had to stoop down
dan dia terpaksa membungkuk
to save her neck from being broken
untuk menyelamatkan lehernya daripada patah
She hastily put down the bottle
Dia tergesa-gesa meletakkan botol itu
"That's quite enough"
"Itu sudah cukup"
"I hope I don't grow anymore"
"Saya harap saya tidak membesar lagi"
Alas! It was too late to wish that!
Malangnya! Sudah terlambat untuk mengharapkan itu!
She went on growing and growing
Dia terus berkembang dan berkembang
and very soon she had to kneel down on the floor
dan tidak lama kemudian dia terpaksa berlutut di atas lantai
and even then she went on growing
dan walaupun itu dia terus berkembang

as a last resource she put one arm out of the window
sebagai sumber terakhir dia meletakkan satu tangan di luar
tingkap
and she put one foot up the chimney
dan dia meletakkan satu kaki di atas cerobong
"Now I can do no more, whatever happens"
"Sekarang saya tidak boleh berbuat apa-apa lagi, apa sahaja
yang berlaku"
"What will become of me?"
"Apa yang akan berlaku kepada saya?"

Alice had a spot of luck
Alice mempunyai tempat yang bernasib baik
the little magic bottle had had its full effect
botol ajaib kecil itu mempunyai kesan penuhnya
and Alice grew no larger than she was
dan Alice membesar tidak lebih besar daripada dia
After a few minutes she heard a voice outside
Selepas beberapa minit dia mendengar suara di luar
and she stopped to listen to the voice
dan dia berhenti untuk mendengar suara itu
"Mary Ann! Mary Ann!" said the voice
"Mary Ann! Mary Ann!" kata suara itu
"Fetch me my gloves this moment!"
"Ambil saya sarung tangan saya saat ini!"
Then came a little pattering of feet on the stairs
Kemudian terdengar sedikit bunyi kaki di tangga
Alice knew it was the rabbit coming to look for her
Alice tahu itu adalah arnab yang datang untuk mencarinya
and she trembled till she shook the house
dan dia gemetar sehingga dia menggegarkan rumah
she quite forgot what her proportions were
dia agak lupa apa perkadarannya
she was a thousand times as large as the rabbit
dia seribu kali lebih besar daripada arnab
and she had no reason to be afraid of a rabbit
dan dia tidak mempunyai sebab untuk takut kepada arnab
Presently the rabbit came up to the door
Tidak lama kemudian arnab itu datang ke pintu
and the little rabbit tried to open the door
dan arnab kecil itu cuba membuka pintu
the door started to open inwards
pintu mula terbuka ke dalam
but Alice's elbow was pressed hard against the door
tetapi siku Alice ditekan kuat pada pintu
that attempt proved a failure
percubaan itu terbukti gagal
Alice heard the rabbit speak to himself

Alice mendengar arnab itu bercakap kepada dirinya sendiri
"Then I'll go around and get in through the window"
"Kalau begitu saya akan berkeliling dan masuk melalui
tingkap"
"That you won't!" thought Alice
"Bahawa anda tidak akan!" fikir Alice
and she waited a little again
dan dia menunggu sebentar lagi
soon she heard the rabbit just under the window
Tidak lama kemudian dia mendengar arnab itu tepat di
bawah tingkap
she suddenly spread out her hand
dia tiba-tiba menghulurkan tangannya
and she made a snatch in the air
dan dia membuat ragut di udara
She did not get hold of anything
Dia tidak mendapat apa-apa
but she heard a little shriek and a fall
tetapi dia mendengar sedikit jeritan dan jatuh
and she heard a crash of broken glass
dan dia mendengar bunyi pecahan kaca
perhaps the rabbit had fallen
mungkin arnab itu telah jatuh
maybe he was in a green-house
mungkin dia berada di rumah hijau
Next came an angry voice; the rabbit's voice
Seterusnya datang suara marah; Suara arnab
"Pat, where are you?"
"Pat, awak di mana?"
And then came a voice she had never heard before
Dan kemudian terdengar suara yang tidak pernah dia dengar
sebelum ini
"your honour, I'm here!"
"Yang Berhormat, saya di sini!"
"I'm digging for apples"
"Saya sedang menggali epal"
"Here! Come and help me out of this!"

"Di sini! Datang dan bantu saya daripada ini!"
"Now tell me, Pat, what's that in the window?"
"Sekarang beritahu saya, Pat, apa yang ada di tingkap?"
"Sure, your honour, I will tell you"
"Sudah tentu, Yang Berhormat, saya akan memberitahu anda"
"it's an arm that's in the window!"
"Ia adalah lengan yang ada di tingkap!"
"Well, an arm has no business there"
"Baiklah, lengan tidak mempunyai urusan di sana"
"go and take the arm away!"
"Pergi dan ambil lengan itu!"
There was a long silence after this
Terdapat kesunyian yang lama selepas ini
and Alice could only hear whispers now and then
dan Alice hanya dapat mendengar bisikan sekali-sekala
and at last she spread out her hand again
dan akhirnya dia menghulurkan tangannya lagi
and she made another snatch in the air
dan dia membuat satu lagi ragut di udara
This time there were two little shrieks
Kali ini terdapat dua jeritan kecil
and there was more sounds of broken glass
dan terdapat lebih banyak bunyi kaca pecah
"I wonder what they'll do next!" thought Alice
"Saya tertanya-tanya apa yang akan mereka lakukan
seterusnya!" fikir Alice
"I wish they would pull me out the window"
"Saya harap mereka akan menarik saya keluar tingkap"
She waited for some time
Dia menunggu beberapa lama
but for a while she didn't hear anything more
tetapi untuk seketika dia tidak mendengar apa-apa lagi
At last came a rumbling of little wheels
Akhirnya terdengar gemuruh roda kecil
and there came the sound of a good many voices
dan terdengar bunyi banyak suara yang baik
all the voices were talking together

Semua suara bercakap bersama
She could make out some of the words
Dia boleh memahami beberapa perkataan
"Where's the other ladder?"
"Di mana tangga yang lain?"
"Bill's got the other ladder"
"Bill mempunyai tangga yang lain"
"Bill, come here!"
"Bill, datang ke sini!"
"Will the roof bear the load?"
"Adakah bumbung akan menanggung beban?"
"Who wants to go down the chimney?"
"Siapa yang mahu turun ke cerobong?"
"Nay, I shall not! You do it!"
"Tidak, saya tidak akan! Anda berjaya!"
"Here, Bill!"
"Ini, Bill!"
"The master says you've got to go down the chimney!"
"Tuan mengatakan anda perlu turun ke cerobong!"
Alice drew her foot as far down the chimney as she could
Alice menarik kakinya sejauh yang dia boleh ke bawah cerobong
and then she waited to see what was coming
dan kemudian dia menunggu untuk melihat apa yang akan berlaku
she heard a little animal scratching and scrambling
dia mendengar seekor haiwan kecil menggaru dan berebut
the little animal must be in the chimney
haiwan kecil itu mesti berada di dalam cerobong
then she gave one sharp kick
Kemudian dia memberikan satu tendangan tajam
and she waited to see what would happen next
dan dia menunggu untuk melihat apa yang akan berlaku seterusnya
she heard a general chorus of voices
dia mendengar paduan suara umum
"There goes Bill!" they all said

"Ada Bill!" kata mereka semua
then she heard the rabbit's voice alone
Kemudian dia mendengar suara arnab itu sahaja
"You by the hedge, catch him!"
"Kamu di pagar, tangkap dia!"
there was another moment of silence
Terdapat satu lagi keheningan
and then there was another confusion of voices
dan kemudian terdapat satu lagi kekeliruan suara
"Hold up his head, Brandy"
"Angkat kepalanya, Brandy"
"be careful not to choke him"
"Berhati-hati agar tidak mencekiknya"
"What happened to you?"
"Apa yang berlaku kepada awak?"
Last came a little feeble, squeaking voice
Terakhir datang suara yang sedikit lemah dan mencicit
"Well, I hardly know no more"
"Baiklah, saya hampir tidak tahu lagi"
"thank you all, I'm better now"
"Terima kasih semua, saya lebih baik sekarang"
"there is one thing I can remember"
"ada satu perkara yang saya boleh ingat"
"something comes at me like a train in a tunnel"
"Sesuatu datang kepada saya seperti kereta api di dalam
terowong"
"and up I fly like a sky-rocket!"
"dan ke atas saya terbang seperti roket langit!"
there was a minute or two of silence
Terdapat satu atau dua minit kesunyian
and then they began moving about again
dan kemudian mereka mula bergerak semula
and Alice heard the Rabbit speak again
dan Alice mendengar Arnab bercakap lagi
"A barrowful will do, to begin with"
"Seorang barrowful akan berjaya, sebagai permulaan"
"A barrowful of what?" thought Alice

"Satu barrowful dari apa?" fikir Alice
But she was not kept in suspense for long
Tetapi dia tidak disimpan dalam ketegangan untuk masa yang
lama
a shower of little pebbles came through the window
hujan kerikil kecil datang melalui tingkap
and some of the little pebbles hit her in the face
dan beberapa kerikil kecil memukul mukanya
Alice was surprised about the little pebbles
Alice terkejut dengan kerikil kecil itu
all the little pebbles were turning into cakes
semua kerikil kecil bertukar menjadi kek
and a bright idea came into her head
dan idea cemerlang muncul di kepalanya
"I should eat one of these cakes"
"Saya patut makan salah satu daripada kek ini"
"cake is sure to make some change in my size"
"kek pasti membuat sedikit perubahan dalam saiz saya"
So she swallowed one of the cakes
Jadi dia menelan salah satu kek
and she was delighted to find that she began shrinking
dan dia gembira mendapati bahawa dia mula mengecut
soon she was small enough to get through the door
tidak lama kemudian dia cukup kecil untuk melalui pintu
she ran out of the house
dia berlari keluar dari rumah
a crowd of little animals and birds were waiting outside
sekumpulan haiwan kecil dan burung sedang menunggu di
luar
all the little birds and animals rushed at Alice
semua burung kecil dan haiwan bergegas ke arah Alice
but she ran off as fast as she could
tetapi dia melarikan diri secepat yang dia boleh
and soon she found herself safe in a thick wood
dan tidak lama kemudian dia mendapati dirinya selamat di
dalam hutan tebal
Alice wandered about in the woods

Alice berkeliaran di dalam hutan
and she thought to herself:
dan dia berfikir:
"I know what I have to do first"
"Saya tahu apa yang perlu saya lakukan dahulu"
"first I have to grow to my right size again"
"mula-mula saya perlu membesar ke saiz yang betul semula"
"and then I have to find my way into that lovely garden"
"dan kemudian saya perlu mencari jalan ke taman yang indah
itu"
"I suppose I ought to eat or drink something or other"
"Saya rasa saya patut makan atau minum sesuatu atau lain-
lain"
"but the question is what should I eat or drink?"
"tetapi persoalannya ialah apa yang patut saya makan atau
minum?"
Alice looked all around her at the flowers
Alice melihat sekelilingnya pada bunga-bunga
and she looked through the blades of grass
dan dia melihat melalui bilah rumput
but she could not see anything to eat or drink
tetapi dia tidak dapat melihat apa-apa untuk dimakan atau
diminum
nothing looked like the right thing to eat or drink
tiada apa yang kelihatan seperti perkara yang betul untuk
dimakan atau diminum
There was a large mushroom growing near her
Terdapat cendawan besar yang tumbuh berdekatan
dengannya
the mushroom was about the same height as Alice
cendawan itu kira-kira sama ketinggian dengan Alice
She stretched herself up on tiptoes
Dia meregangkan dirinya dengan berjinjit
and she peeped over the edge of the mushroom
dan dia mengintip ke tepi cendawan
her eyes immediately met the eyes of a large blue caterpillar
Matanya segera bertemu dengan mata ulat biru yang besar

the caterpillar was sitting on the top of the mushroom
Ulat itu duduk di atas cendawan
and the caterpillar had crossed all his arms
dan ulat itu telah menyilangkan semua tangannya
and he was quietly smoking a long hookah
dan dia diam-diam menghisap hookah panjang
and he took not the smallest notice of anything
dan dia tidak mengambil perhatian sedikit pun tentang apa-
apa
and he certainly didn't pay attention to Alice
dan dia pastinya tidak memberi perhatian kepada Alice

At last the caterpillar took the hookah out of its mouth
Akhirnya ulat itu mengeluarkan hookah dari mulutnya
and he addressed Alice in a languid, sleepy voice
dan dia bercakap kepada Alice dengan suara lesu dan
mengantuk
"Who are you?" said the caterpillar
"Siapa kamu?" kata ulat itu

Alice replied, rather shyly, "I hardly know, sir"
Alice menjawab, agak malu-malu, "Saya hampir tidak tahu,
tuan"
"just at the moment it's all a bit..."
"Hanya pada masa ini semuanya sedikit..."
"I know who I was when I got up this morning""
"Saya tahu siapa saya ketika saya bangun pagi ini""
"but I think I must have changed several times since then"
"tetapi saya rasa saya mesti berubah beberapa kali sejak itu"
"What do you mean by that?" said the caterpillar

"Apa maksud awak dengan itu?" kata ulat itu
sternly the caterpillar asked her to explain herself
dengan tegas ulat itu memintanya untuk menjelaskan dirinya
"I can't explain myself, I'm afraid, sir," said Alice
"Saya tidak boleh menjelaskan diri saya, saya takut, tuan,"
kata Alice
"because I'm not myself"
"kerana saya bukan diri saya sendiri"
**"you see, being so many different sizes in a day is very
confusing"**
"Anda lihat, menjadi begitu banyak saiz yang berbeza dalam
sehari sangat mengelirukan"
She pulled herself up and said very gravely:
Dia menarik dirinya dan berkata dengan sangat serius:
"I think you ought to tell me who you are, first"
"Saya rasa anda harus memberitahu saya siapa anda, terlebih
dahulu"
"Why?" said the caterpillar
"Kenapa?" kata ulat itu
Alice could not think of any good reason
Alice tidak dapat memikirkan apa-apa alasan yang baik
**and the caterpillar seemed to be in a very unpleasant state of
mind**
dan ulat itu nampaknya berada dalam keadaan fikiran yang
sangat tidak menyenangkan
so she turned away
jadi dia berpaling
"Come back!" the caterpillar called after her
"Kembali!" ulat itu memanggilnya
"I've something important to say!"
"Saya ada sesuatu yang penting untuk dikatakan!"
Alice turned and came back again
Alice berpaling dan kembali lagi
"Keep your temper," said the caterpillar
"Kekalkan sabarmu," kata ulat itu
"Is that all?" said Alice
"Adakah itu sahaja?" kata Alice

and she swallowed her anger as well as she could
dan dia menelan kemarahannya sebaik mungkin
"No," said the caterpillar
"Tidak," kata ulat itu
the caterpillar unfolded its arms
Ulat itu membuka tangannya
and he took the hookah out of his mouth again
dan dia mengeluarkan hookah dari mulutnya sekali lagi
and he said, "So you think you're changed, do you?"
dan dia berkata, "Jadi anda fikir anda telah berubah, bukan?"
"I'm afraid, I am changed, sir," said Alice
"Saya takut, saya berubah, tuan," kata Alice
"I can't remember things as I used to remember them"
"Saya tidak dapat mengingati perkara seperti yang saya ingat dulu"
"and I don't stay the same size for more than ten minutes!"
"dan saya tidak kekal pada saiz yang sama selama lebih dari sepuluh minit!"
"What size do you want to be?" asked the caterpillar
"Saiz apa yang anda mahukan?" tanya ulat itu
"Oh, I don't particularly mind what size I am," Alice hastily replied
"Oh, saya tidak kisah saiz saya," jawab Alice tergesa-gesa
"I just don't like changing size so often, you know"
"Saya hanya tidak suka menukar saiz terlalu kerap, anda tahu"
"I would like to be a little larger, sir"
"Saya mahu menjadi lebih besar sedikit, tuan"
"if you wouldn't mind," added Alice
"jika anda tidak keberatan," tambah Alice
"Ten centimetres is such a wretched height to be"
"Sepuluh sentimeter adalah ketinggian yang menyedihkan"
"It is a very good height indeed!" said the caterpillar angrily
"Ia memang ketinggian yang sangat baik!" kata ulat itu dengan marah
and he reared itself upright as he spoke
dan dia bangkit tegak semasa dia bercakap
he was exactly ten centimetres high

dia betul-betul sepuluh sentimeter tinggi
In a minute or two, the caterpillar got down off the mushroom
Dalam satu atau dua minit, ulat itu turun dari cendawan
and he crawled away into the grass
dan dia merangkak pergi ke rumput
as he went away, he made some little remarks
Semasa dia pergi, dia membuat beberapa kenyataan kecil
"One side will make you grow taller"
"Satu sisi akan membuatkan anda bertambah tinggi"
"and the other side will make you grow shorter"
"Dan pihak lain akan membuatkan anda semakin pendek"
"One side of what?" thought Alice to herself
"Satu sisi apa?" fikir Alice pada dirinya sendiri
"The other side of what?"
"Sisi lain dari apa?"
"the side of the mushroom," said the caterpillar
"Bahagian tepi cendawan," kata ulat itu
it was as if she had asked her question aloud
seolah-olah dia telah bertanya soalannya dengan kuat
and in another moment, he was out of sight
dan pada saat lain, dia hilang dari pandangan
Alice remained looking thoughtfully at the mushroom
Alice tetap melihat cendawan itu dengan berfikir
she was trying to make out which were the two sides of the mushroom
Dia cuba melihat yang mana dua sisi cendawan itu
At last she stretched her arms around the mushroom
Akhirnya dia menghulurkan tangannya di sekeliling cendawan
and she broke off a bit of the edges
dan dia mematahkan sedikit tepi
"And now, which side is which?" she said to herself
"Dan sekarang, pihak mana yang mana?" katanya kepada dirinya sendiri
and she nibbled a little of the right-hand bit
dan dia menggigit sedikit bahagian tangan kanan

The next moment she felt a violent blow underneath her chin
Pada saat berikutnya dia merasakan pukulan ganas di bawah dagunya
her chin had struck her foot!
dagunya telah memukul kakinya!
She was a good deal frightened by this very sudden change
Dia sangat takut dengan perubahan yang sangat tiba-tiba ini
she was shrinking very rapidly
dia mengecut dengan cepat
so she quickly ate some of the other bit of mushroom
jadi dia dengan cepat memakan sedikit cendawan yang lain
Her chin was pressed very closely against her foot
Dagunya ditekan dengan sangat rapat pada kakinya
there was hardly room to open her mouth
hampir tidak ada ruang untuk membuka mulutnya
but she did at last manage to open her mouth
tetapi dia akhirnya berjaya membuka mulutnya
and she swallowed a morsel of the left-hand bit
dan dia menelan sekeping bit tangan kiri
"my head's been freed at last!" said Alice
"Kepala saya akhirnya dibebaskan!" kata Alice
she looked down at herself
Dia memandang ke bawah pada dirinya sendiri
but all she could see was an immense length of neck
tetapi apa yang dia boleh lihat hanyalah leher yang sangat panjang
her neck seemed to rise like a stalk
lehernya seolah-olah naik seperti tangkai
and she looked down over a sea of green leaves
dan dia melihat ke bawah lautan daun hijau
"Where have my shoulders gotten to?"
"Ke mana bahu saya pergi?"
"And oh, my poor hands, how is it I can't see you?"
"Dan oh, tangan saya yang malang, bagaimana saya tidak dapat melihat awak?"
but her neck did have one benefit

tetapi lehernya mempunyai satu faedah
she could move her head in any direction
dia boleh menggerakkan kepalanya ke mana-mana arah
in fact, she was just like a serpent
sebenarnya, dia seperti ular
she gracefully zigzagged her head down
dia dengan anggun zigzag menundukkan kepalanya
and she moved her head through the trees
dan dia menggerakkan kepalanya melalui pokok-pokok
but then she heard a sharp hiss
tetapi kemudian dia mendengar desisan tajam
and she quickly pulled her head back
dan dia dengan cepat menarik kepalanya ke belakang
a large pigeon had flown into her face
seekor merpati besar telah terbang ke mukanya
and the pigeon was violently with its wings
dan merpati itu dengan ganas dengan sayapnya

"Serpent!" cried the pigeon
"Ular!" jerit merpati itu
"I'm not a serpent!" said Alice indignantly
"Saya bukan ular!" kata Alice marah
"Leave me alone!"
"Tinggalkan saya sendirian!"
"I've tried the roots of trees"
"Saya telah mencuba akar pokok"
"and I've tried hedges," the pigeon went on
"dan saya telah mencuba lindung nilai," merpati itu
meneruskan
"but those serpents! There's no pleasing them!"
"Tetapi ular-ular itu! Tidak ada yang menggembirakan
mereka!"
Alice was more and more puzzled
Alice semakin hairan
**"As if it wasn't trouble enough hatching the eggs," said the
pigeon**
"Seolah-olah tidak cukup menyusahkan menetas telur," kata
merpati itu
"by night and day I must look out for serpents too!"
"Pada siang dan malam saya mesti berhati-hati dengan ular
juga!"
"I had just found the highest tree in the forest"
"Saya baru sahaja menemui pokok tertinggi di hutan"
"surely I'd be free from serpents here?"
"pasti saya akan bebas daripada ular di sini?"
"and out comes a serpent from the sky!"
"Dan keluar seekor ular dari langit!"
"But I'm not a serpent, I tell you!" said Alice
"Tetapi saya bukan ular, saya beritahu anda!" kata Alice
"I'm a... I'm a... I'm a little girl," she added rather doubtfully
"Saya... Saya seorang ... Saya seorang gadis kecil," tambahnya
agak ragu-ragu
she had after all been going through a lot of changes
dia telah melalui banyak perubahan

"You're looking for eggs," said the pigeon
"Kamu sedang mencari telur," kata merpati itu
"I know that for a fact"
"Saya tahu itu untuk fakta"
"and what does it matter if you're a little girl or a serpent?"
"Dan apa pentingnya jika anda seorang gadis kecil atau ular?"
"It matters a good deal to me," said Alice hastily
"Ia sangat penting bagi saya," kata Alice tergesa-gesa
"but I'm not looking for eggs, as it happens"
"tetapi saya tidak mencari telur, seperti yang berlaku"
"and I wouldn't want your eggs anyway"
"dan saya tidak mahu telur awak pula"
"I don't like my eggs raw"
"Saya tidak suka telur saya mentah"
"Well, be off then!" said the pigeon in a sulky tone
"Baiklah, pergilah!" kata merpati itu dengan nada cemberut
and the pigeon settled down again into its nest
dan merpati itu menetap semula ke dalam sarangnya
Alice crouched down among the trees as well as she could
Alice berjongkok di antara pokok-pokok sebaik mungkin
her neck kept getting entangled among the branches
lehernya terus terjerat di antara dahan
every now and then she had to stop and untwist her neck
sekali-sekala dia terpaksa berhenti dan melepaskan lehernya
After awhile she remembered the mushroom
Selepas beberapa ketika dia teringat cendawan itu
she still held the pieces of mushroom in her hands
dia masih memegang kepingan cendawan di tangannya
and she set to work very carefully
dan dia mula bekerja dengan sangat berhati-hati
first she nibbled at one piece
Mula-mula dia menggigit sekeping
and then she nibbled at the other piece
dan kemudian dia menggigit sekeping yang lain
sometimes she grew taller
kadang-kadang dia semakin tinggi
and sometimes she grew shorter

dan kadang-kadang dia menjadi lebih pendek
but finally she achieved her usual height
tetapi akhirnya dia mencapai ketinggian biasa
she hadn't been her own height for some time
dia tidak mempunyai ketinggiannya sendiri untuk beberapa
waktu
so everything felt strange for a while
jadi semuanya terasa pelik untuk seketika
"The next thing to do is to get into that beautiful garden"
"Perkara seterusnya yang perlu dilakukan ialah masuk ke
taman yang indah itu"
"how is that to be done, I wonder?"
"bagaimana itu boleh dilakukan, saya tertanya-tanya?"
As she said this, she came upon an open place
Semasa dia mengatakan ini, dia terjumpa tempat terbuka
there was a little house, a bit higher than a metre
Terdapat sebuah rumah kecil, sedikit lebih tinggi daripada
satu meter
"I wonder who lives in this little house"
"Saya tertanya-tanya siapa yang tinggal di rumah kecil ini"
"I certainly can't go in as big as I am"
"Saya pasti tidak boleh masuk sebesar saya"
"I would frighten them terribly!"
"Saya akan menakutkan mereka dengan teruk!"
so she nibbled at the little mushroom again
jadi dia menggigit cendawan kecil itu lagi
and soon she brought herself down thirty centimetres
dan tidak lama kemudian dia menurunkan dirinya tiga puluh
sentimeter

For a minute or two she stood looking at the house
Selama satu atau dua minit dia berdiri memandang rumah itu
suddenly a footman came running out of the woods
Tiba-tiba seorang pejalan kaki berlari keluar dari hutan
he was wearing a special livery uniform
dia memakai pakaian seragam livery khas
judging by his face only, she would have called him a fish
berdasarkan wajahnya sahaja, dia akan memanggilnya ikan
and he rapped loudly at the door with his knuckles
dan dia mengetuk pintu dengan kuat dengan buku-buku jarinya
the door was opened by another footman
pintu dibuka oleh seorang lagi pejalan kaki
this footman too was wearing a special livery
Footman ini juga memakai livery khas
this footman had a round face and large eyes like a frog
Footman ini mempunyai muka bulat dan mata besar seperti katak

The footman that looked like a fish initiated the ceremony
Kaki yang kelihatan seperti ikan memulakan upacara itu
he pulled out something from under his arm
dia mengeluarkan sesuatu dari bawah kemaluannya
and he pulled out from under his arm an envelope
dan dia mengeluarkan dari bawah lengannya sampul surat
and this envelope he handed over to the other footman
dan sampul surat ini dia serahkan kepada kaki yang lain
in a ceremonious tone he told him the orders
Dengan nada istiadat dia memberitahunya perintah itu
"This message is for the Duchess"
"Mesej ini untuk Duchess"
"An invitation from the queen to play croquet"
"Jemputan daripada ratu untuk bermain kroket"
The footman that looked like a frog repeated the order
Kaki yang kelihatan seperti katak mengulangi perintah itu
"from the queen"
"Daripada Ratu"
"an invitation"
"jemputan"
"for the Duchess"
"untuk Duchess"
"playing croquet"
"Bermain kroket"
Then they both bowed low
Kemudian mereka berdua tunduk rendah
and the curls in their wigs got entangled together
dan keriting di rambut palsu mereka terjerat bersama
soon the footman that looked like a fish was gone
tidak lama kemudian kaki yang kelihatan seperti ikan telah hilang
but the footman that looked like a frog was still there
tetapi kaki yang kelihatan seperti katak masih ada di sana
he was sitting on the ground near the door
dia duduk di tanah berhampiran pintu
he was staring stupidly up into the sky

dia merenung dengan bodoh ke langit
Alice went timidly up to the door and knocked
Alice dengan malu-malu pergi ke pintu dan mengetuk
"There's no use in knocking," said the footman
"Tidak ada gunanya mengetuk," kata kaki itu
"and that is for two reasons"
"Dan itu kerana dua sebab"
"First, because I'm on the same side of the door as you are"
"Pertama, kerana saya berada di sebelah pintu yang sama dengan awak"
"secondly, because they're making so much noise inside"
"Kedua, kerana mereka membuat begitu banyak bising di dalam"
"no one could possibly hear you"
"Tiada siapa yang mungkin mendengar awak"
And there certainly was a most extraordinary noise going on within
Dan pastinya ada bunyi yang paling luar biasa berlaku di dalam
a constant howling and sneezing
lolongan dan bersin yang berterusan
and every now and then a sound of great crashing
dan sekali-sekala bunyi rempuhan yang hebat
as if a dish or kettle had been broken to pieces
seolah-olah pinggan mangkuk atau cerek telah pecah berkeping-keping
"How am I to get in?" asked Alice
"Bagaimana saya boleh masuk?" tanya Alice
"Should you get in at all?" said the footman
"Patutkah anda masuk sama sekali?" kata kaki itu
"That's the first question, you know"
"Itulah soalan pertama, anda tahu"
Alice opened the door and went in
Alice membuka pintu dan masuk
The door led right into a large kitchen
Pintu itu menghala terus ke dapur besar
the kitchen was full of smoke from one end to the other

dapur penuh dengan asap dari satu hujung ke hujung yang
lain
in the middle of the kitchen was the Duchess
di tengah-tengah dapur ialah Duchess
she was sitting on a three-legged stool
dia sedang duduk di atas bangku berkaki tiga
and she was nursing a baby
dan dia sedang menyusukan bayi
the cook was leaning over the fire
tukang masak itu bersandar di atas api
he was stirring a large caldron
dia sedang mengacau sebuah kaldron besar
and the caldron seemed to be full of soup
dan kaldron itu kelihatan penuh dengan sup
**"There's certainly too much pepper in that soup!" Alice said
to herself**
"Sudah tentu terlalu banyak lada dalam sup itu!" Alice berkata
pada dirinya sendiri
she said it as best she could without sneezing
Dia mengatakannya sebaik mungkin tanpa bersin
Even the Duchess sneezed occasionally
Malah Duchess bersin sekali-sekala
but the baby's actions were the most noteworthy
Tetapi tindakan bayi itu adalah yang paling patut diberi
perhatian
the baby was sneezing and howling alternately
bayi itu bersin dan melolong secara bergilir-gilir
**there was not a moment's pause between howling and
sneezing**
tidak ada jeda seketika antara melolong dan bersin
There were two creatures in the kitchen that did not sneeze
Terdapat dua makhluk di dapur yang tidak bersin
the cook was too busy to sneeze
tukang masak terlalu sibuk untuk bersin
and the large cat did not seem to mind the pepper
dan kucing besar itu nampaknya tidak keberatan dengan lada
instead, the large cat was grinning from ear to ear

sebaliknya, kucing besar itu tersenyum dari telinga ke telinga
"Please would you tell me," said Alice, a little timidly
"Tolong beritahu saya," kata Alice, sedikit malu-malu
"why is your cat grinning like that?"
"Kenapa kucing awak tersenyum seperti itu?"
"It's a Cheshire-Cat," said the Duchess
"Ia Kucing Cheshire," kata Duchess
"and that's why he's grinning from ear to ear"
"Dan itulah sebabnya dia tersenyum dari telinga ke telinga"
"I didn't know that a Cheshire-Cat always grinned"
"Saya tidak tahu bahawa Cheshire-Cat sentiasa tersenyum"
"in fact, I didn't know that cats could grin," said Alice
"sebenarnya, saya tidak tahu bahawa kucing boleh
tersenyum," kata Alice
"there is much you don't know," said the Duchess
"Ada banyak yang anda tidak tahu," kata Duchess
"there is much you don't know and that's a fact"
"Terdapat banyak yang anda tidak tahu dan itu fakta"
Just then the cook took the caldron of soup off the fire
Sejurus kemudian tukang masak mengeluarkan kuali sup dari
api
and at once she started throwing everything within her reach
dan serta-merta dia mula melemparkan segala-galanya dalam
jangkauannya
she threw everything she could at the Duchess and the babe
dia melemparkan semua yang dia boleh kepada Duchess dan
bayi itu
first she threw the fire-irons
mula-mula dia melemparkan besi api
then she threw a handful of saucepans
Kemudian dia melemparkan segenggam periuk
and finally she threw the plates and dishes
dan akhirnya dia membaling pinggan dan pinggan mangkuk
The Duchess took no notice of her
Duchess tidak memperhatikannya
even when she was hit by a plate she did not worry
Walaupun dia dipukul oleh pinggan, dia tidak bimbang

the baby was already howling so much
bayi itu sudah melolong begitu banyak
so it was impossible to say whether the blows hurt the baby
or not
Jadi mustahil untuk mengatakan sama ada pukulan itu
menyakiti bayi atau tidak
"Oh, please mind what you're doing!" cried Alice
"Oh, sila fikirkan apa yang kamu lakukan!" jerit Alice
and she jumped up and down in an agony of terror
dan dia melompat ke atas dan ke bawah dalam kesakitan
ketakutan
the Duchess offered Alice the baby
Duchess menawarkan bayi itu kepada Alice
"Here! You may nurse the baby a bit, if you like!"
"Di sini! Anda boleh menyusukan bayi sedikit, jika anda
suka!"
and she flung the baby at her as she spoke
dan dia melemparkan bayi itu kepadanya semasa dia
bercakap
"I must go and get ready to play croquet with the queen"
"Saya mesti pergi dan bersiap sedia untuk bermain kroket
dengan ratu"
and she hurried out of the room
dan dia bergegas keluar dari bilik
Alice caught the baby with some difficulty
Alice menangkap bayi itu dengan sedikit kesukaran
because it was a very odd-shaped little creature
kerana ia adalah makhluk kecil berbentuk sangat ganjil
and the baby held out its arms and legs in all directions
dan bayi itu menghulurkan tangan dan kakinya ke semua
arah
"I better take this child away with me," thought Alice
"Lebih baik saya membawa anak ini pergi bersama saya," fikir
Alice
"they're sure to kill this baby in a day or two"
"Mereka pasti akan membunuh bayi ini dalam satu atau dua
hari"

"Wouldn't it be murder to leave this baby behind?"
"Bukankah membunuh untuk meninggalkan bayi ini?"
She said the last words out loud
Dia mengucapkan kata-kata terakhir dengan kuat
and the little thing grunted in reply
dan benda kecil itu merungut sebagai jawapan
"you best not turn into a pig, my dear," said Alice
"Sebaiknya kamu tidak berubah menjadi babi, sayangku," kata Alice
"or else I'll have nothing more to do with you"
"atau saya tidak akan ada kaitan lagi dengan awak"
Alice was just beginning to think to herself:
Alice baru mula berfikir sendiri:
"Now, what am I to do with this creature, when I get it home?"
"Sekarang, apa yang perlu saya lakukan dengan makhluk ini, apabila saya membawanya pulang?"
but then the little creature grunted a little violently
tetapi kemudian makhluk kecil itu merungut sedikit ganas
and Alice looked down into its face in some alarm
dan Alice memandang ke mukanya dalam sedikit kebimbangan
This time there could be no mistake about it
Kali ini tidak mungkin ada kesilapan mengenainya
it was neither more nor less than a pig
ia tidak lebih dan tidak kurang daripada babi
so she set the little creature down
jadi dia meletakkan makhluk kecil itu
and the little creature trot away quietly into the wood
dan makhluk kecil itu berlari secara senyap-senyap ke dalam hutan
Alice felt quite relieved to see the creature go
Alice berasa agak lega melihat makhluk itu pergi
Alice was a little startled by seeing the Cheshire-Cat
Alice sedikit terkejut melihat Cheshire-Cat
it was sitting on a bough of a tree a few yards off
ia duduk di dahan pokok beberapa meter jauhnya

The cat only grinned when it saw her
Kucing itu hanya tersenyum apabila melihatnya
"Cheshire-cat," began Alice, rather timidly
"Kucing Cheshire," mula Alice, agak malu-malu
"would you please tell me which way I ought to go from here?"
"Bolehkah anda memberitahu saya ke arah mana saya harus pergi dari sini?"
"In that direction," the cat said
"Ke arah itu," kata kucing itu
and it waved the right paw around
dan ia melambai kaki kanan
"In that direction lives a maker of hats"
"Ke arah itu hidup seorang pembuat topi"
and then the cat waved its other paw
dan kemudian kucing itu melambai kakinya yang lain
"and in that direction lives a march hare"
"Dan ke arah itu hidup arnab perarakan"
"Visit either you like; they're both mad"
"Lawati sama ada yang anda suka; mereka berdua gila"
"But I don't want to go among mad people," Alice remarked
"Tetapi saya tidak mahu pergi di kalangan orang gila," kata Alice
"Oh, you can't help that," said the Cat
"Oh, anda tidak boleh menahannya," kata Kucing
"we're all mad here"
"Kita semua marah di sini"
"are you playing croquet with the queen today?"
"Adakah anda bermain kroket dengan ratu hari ini?"
"I would like to very much," said Alice
"Saya sangat mahu," kata Alice
"but I haven't been invited yet"
"tetapi saya belum dijemput lagi"
"You'll see me there," said the Cat
"Anda akan melihat saya di sana," kata Kucing
and from one moment to the next the cat vanished
dan dari satu saat ke saat berikutnya kucing itu lenyap

soon Alice got in sight of the house of the march hare

tidak lama kemudian Alice dapat melihat rumah arnab perarakan

this was a very large house

Ini adalah sebuah rumah yang sangat besar

so Alice did not want to go near the house

jadi Alice tidak mahu pergi berhampiran rumah

first she had to nibble some more of the left side bit of mushroom

Mula-mula dia terpaksa menggigit sedikit cendawan sebelah kiri

a mad tea-party
pesta teh gila

In front of the house there was a tree
Di hadapan rumah terdapat sebatang pokok
and under the tree there was a table
dan di bawah pokok itu terdapat sebuah meja
and the table was set with all sorts of cutlery
dan meja itu diatur dengan pelbagai jenis kutleri
the march hare and the hat maker were at the table
arnab March dan pembuat topi berada di meja
and together they were having tea
dan bersama-sama mereka minum teh
a dormouse was sitting between them
seekor tikus duduk di antara mereka
and the dormouse was fast asleep
dan dormouse itu tertidur lelap
The table was of extraordinary size
Meja itu bersaiz luar biasa
but most of the table was unoccupied
tetapi sebahagian besar meja tidak berpenghuni
they sat crowded together at one corner of the table
mereka duduk bersesak di satu sudut meja
and yet they made excuses when they saw Alice
namun mereka membuat alasan apabila mereka melihat Alice
"No room! No room!" they cried out
"Tiada bilik! Tiada bilik!" mereka menjerit
"There's plenty of room!" said Alice indignantly
"Ada banyak ruang!" kata Alice marah
at one end of the table there was a large arm-chair
Di satu hujung meja terdapat kerusi berlengan yang besar
and Alice sat herself in the armchair
dan Alice duduk di kerusi berlengan
the hat maker opened his eyes very wide
pembuat topi membuka matanya dengan sangat lebar
he couldn't believe what he was seeing
dia tidak percaya apa yang dia lihat
but his mind was curious about other things

tetapi fikirannya ingin tahu tentang perkara lain
"Why is a raven like a writing-desk?"
"Mengapa burung gagak seperti meja tulis?"
Alice was open to the challenge
Alice terbuka kepada cabaran itu
"I'm glad they've begun asking riddles"
"Saya gembira mereka telah mula bertanya teka-teki"
"I believe I can guess that," she added aloud
"Saya percaya saya boleh meneka itu," tambahnya dengan lantang
The march hare grew curious about Alice
Arnab perarakan semakin ingin tahu tentang Alice
"Do you really think you can find the answer?"
"Adakah anda benar-benar fikir anda boleh mencari jawapannya?"
"I think I can find the answer indeed," said Alice
"Saya rasa saya memang boleh mencari jawapannya," kata Alice
"Then you should say what you mean," the march hare went on
"Kalau begitu kamu harus katakan apa yang kamu maksudkan," arnab perarakan itu diteruskan
"I do say what I mean," Alice hastily replied
"Saya katakan apa yang saya maksudkan," Alice tergesa-gesa menjawab
"at the very least I mean what I say"
"sekurang-kurangnya saya maksudkan apa yang saya katakan"
"that's the same thing, you know"
"Itu perkara yang sama, anda tahu"
the dormouse also contributed to the conversation
Dormouse juga menyumbang kepada perbualan
but the dormouse seemed to be talking in its sleep
tetapi dormouse seolah-olah bercakap dalam tidurnya
"I breathe when I sleep"
"Saya bernafas apabila saya tidur"
"I sleep when I breathe!"

"Saya tidur apabila saya bernafas!"
"you might as well say they are the same too"
"Anda juga boleh mengatakan mereka juga sama"
"It is the same thing with you," said the hat maker
"Ia adalah perkara yang sama dengan kamu," kata pembuat topi
and he poured a little tea on the dormouse's nose
dan dia menuangkan sedikit teh ke hidung dormouse
The Dormouse shook its head impatiently
Dormouse menggelengkan kepalanya dengan tidak sabar
and again the dormouse spoke, without opening its eyes
dan sekali lagi tikus bercakap, tanpa membuka matanya
"Of course, of course it is the same"
"Sudah tentu, sudah tentu ia sama"
"that's just what I was going to say myself"
"itulah yang saya akan katakan sendiri"

The hat maker turned to Alice and asked another question
Pembuat topi itu berpaling kepada Alice dan bertanya soalan lain
"Have you guessed the riddle yet?"
"Adakah anda sudah meneka teka-teki itu?"
"No, I give up," Alice conceded
"Tidak, saya berputus asa," Alice mengakui
"What's the answer?" she wanted to know
"Apa jawapannya?" dia ingin tahu
"I haven't the slightest idea," said the hat maker
"Saya tidak mempunyai sedikit pun idea," kata pembuat topi itu
"Nor do I know," said the march hare
"Saya juga tidak tahu," kata arnab perarakan
Alice gave a weary sigh
Alice menghela nafas letih
"there are better uses of time than riddles without answers"
"Terdapat penggunaan masa yang lebih baik daripada teka-teki tanpa jawapan"
"have some more tea," the march hare said to Alice, very earnestly
"minum teh lagi," kata arnab perarakan kepada Alice, dengan sangat bersungguh-sungguh
Alice was quite offended by the offer
Alice agak tersinggung dengan tawaran itu
"I've had not had tea yet," Alice replied
"Saya belum minum teh," jawab Alice
"therefore I can't have any more tea"
"oleh itu saya tidak boleh minum teh lagi"
"You mean you can't have less tea," said the hat maker
"Maksud anda anda tidak boleh kurang minum teh," kata pembuat topi
"it's very easy to take more than nothing"
"Sangat mudah untuk mengambil lebih daripada tiada"
At this, Alice got up and walked off
Pada masa ini, Alice bangun dan berjalan pergi
The dormouse fell asleep instantly

Tikus dormouse itu tertidur serta-merta

and neither of the others took the least notice of her going

dan kedua-dua yang lain tidak menyedari kepergiannya

though she looked back once or twice

walaupun dia menoleh ke belakang sekali atau dua kali

they were trying to put the dormouse into the tea-pot

Mereka cuba memasukkan tikus ke dalam periuk teh

"At any rate, I'll never go there again!" said Alice

"Bagaimanapun, saya tidak akan pergi ke sana lagi!" kata Alice

and she walked her way through the woods

dan dia berjalan melalui hutan

"that was the stupidest tea-party I've ever been to"

"itu adalah pesta teh paling bodoh yang pernah saya kunjungi"

Just as she said this, she noticed something

Semasa dia mengatakan ini, dia menyedari sesuatu

one of the trees had a door leading right into it

Salah satu pokok mempunyai pintu yang menghala terus ke dalamnya

"That's very interesting!" she thought

"Itu sangat menarik!" fikirnya

"I think I may as well go through the door"

"Saya rasa saya juga boleh melalui pintu"

And through the door she went

Dan melalui pintu dia pergi

Once more she found herself in the long hall

Sekali lagi dia mendapati dirinya berada di dewan panjang

again she was close to the little glass table

sekali lagi dia dekat dengan meja kaca kecil

she took the little golden key

Dia mengambil kunci emas kecil itu

and she unlocked the door that led into the garden

dan dia membuka kunci pintu yang menuju ke taman

Then she set to work nibbling at the mushroom

Kemudian dia mula bekerja menggigit cendawan

she had kept a piece of the mushroom in her pocket

dia telah menyimpan sekeping cendawan di dalam poketnya
and finally she was about a metre tall
dan akhirnya dia kira-kira satu meter tinggi
then she walked down the little corridor
Kemudian dia berjalan menyusuri koridor kecil
and then she finally found herself in the beautiful garden
dan kemudian dia akhirnya mendapati dirinya berada di
taman yang indah
and she was among the bright flower and the cool fountains
dan dia berada di antara bunga yang terang dan air pancut
yang sejuk

The queen's croquet ground
Tanah kroket ratu

A large rose-tree stood near the entrance of the garden

Sebatang pokok mawar besar berdiri berhampiran pintu masuk taman

the roses growing on the tree were white

mawar yang tumbuh di pokok itu berwarna putih

but there were three gardeners painting the rose

tetapi terdapat tiga tukang kebun yang melukis mawar itu

they were busily painting the roses red

Mereka sibuk mengecat mawar merah

and Alice was watching them paint the roses red

dan Alice memerhatikan mereka melukis mawar merah

and suddenly their eyes chanced to fall upon Alice

dan tiba-tiba mata mereka kebetulan tertuju pada Alice

Alice spoke a little timidly

Alice bercakap sedikit malu-malu

"Would you tell me, please;"

"Bolehkah anda memberitahu saya, tolong;"

"why are you all painting those roses?"

"Kenapa kamu semua melukis mawar itu?"

five and seven said nothing, but looked at two

Lima dan tujuh tidak berkata apa-apa, tetapi melihat dua

two spoke, in a low voice

dua bercakap, dengan suara rendah

"Why, the fact is, you see, madam"

"Kenapa, hakikatnya, anda lihat, puan"

"this here ought to have been a red rose-tree"

"Ini di sini sepatutnya pokok mawar merah"

"and we put a white rose-tree in by mistake"

"Dan kami meletakkan pokok mawar putih secara tidak sengaja"

"as you would agree, the queen must not find out"

"Seperti yang anda setuju, Ratu tidak boleh mengetahuinya"

"else we would all have our heads cut off"

"Jika tidak, kita semua akan dipotong kepala"

"So you see, madam, we're doing our best"

"Jadi anda lihat, puan, kami melakukan yang terbaik"
card five had been anxiously looking across the garden
Kad lima telah melihat dengan cemas ke seberang taman
At this moment card five called out, "The queen! The queen!"
Pada masa ini kad lima memanggil, "Ratu! Permaisuri!"
and the three gardeners instantly scurried away
dan ketiga-tiga tukang kebun itu serta-merta bergegas pergi
and they threw themselves flat upon their faces
dan mereka melemparkan diri mereka ke atas muka mereka
There was a sound of many footsteps
Terdapat bunyi banyak langkah kaki
Alice looked around, eager to see the queen
Alice melihat sekeliling, tidak sabar-sabar untuk melihat permaisuri
At the start of the procession were ten soldiers
Pada permulaan perarakan itu terdapat sepuluh askar
their hands and feet were in the corners
tangan dan kaki mereka berada di sudut
and in their hands and feet were clubs
dan di tangan dan kaki mereka ada kayu
next came the ten courtiers
seterusnya datang sepuluh orang istana
the courtiers were ornamented all over with diamonds
istana dihiasi dengan berlian
After the courtiers came the royal children
Selepas istana datang anak-anak diraja
there were ten of the royal children
Terdapat sepuluh anak diraja
and all the royal children were ornamented with hearts
dan semua anak-anak diraja dihiasi dengan hati
Next came the guests; mostly kings and queens
Seterusnya datang tetamu; kebanyakannya raja dan permaisuri
and among the kings and queen Alice saw someone
dan di kalangan raja dan permaisuri Alice melihat seseorang
she saw again the white rabbit she had chased

dia melihat lagi arnab putih yang dikejarnya
The procession was followed the knave of hearts
Perarakan itu diikuti dengan pisau hati
he was carrying the king's crown
dia membawa mahkota raja
and the king's crown was on a crimson velvet cushion
dan mahkota raja berada di atas kusyen baldu merah
and then came the end of this grand procession
Dan kemudian datanglah penghujung perarakan besar ini
and there at the end were the king and queen of hearts
dan di sana pada akhirnya ada raja dan ratu hati
the procession came opposite to Alice
perarakan itu bertentangan dengan Alice
and they all stopped and looked at her
dan mereka semua berhenti dan memandangnya
and the queen said severely, "Who is this?"
dan permaisuri berkata dengan keras, "Siapa ini?"
She said it to the Knave of Hearts
Dia mengatakannya kepada Knave of Hearts
but he just bowed and smiled in reply
tetapi dia hanya tunduk dan tersenyum sebagai jawapan
Alice spoke very politely
Alice bercakap dengan sangat sopan
"My name is Alice, so please your majesty"
"Nama saya Alice, jadi tolong Yang Mulia"
but she had other thoughts to herself
tetapi dia mempunyai pemikiran lain untuk dirinya sendiri
"they're only a pack of cards, after all!"
"Lagipun, mereka hanya sebungkus kad!"
"Can you play croquet?" shouted the queen
"Bolehkah kamu bermain kroket?" jerit ratu
The question was evidently meant for Alice
Soalan itu jelas dimaksudkan untuk Alice
"Yes!" said Alice loudly
"Ya!" kata Alice dengan kuat
"Come play then!" roared the queen
"Mari bermain!" raung permaisuri

a timid voice spoke to Alice
suara malu-malu bercakap kepada Alice
"it's a very fine day!"
"Ini hari yang sangat cerah!"
She was walking by the white rabbit
Dia berjalan di tepi arnab putih
and the White Rabbit was peeping anxiously into her face
dan Arnab Putih mengintip dengan cemas ke mukanya
"a very fine day indeed," confirmed Alice
"Memang hari yang sangat cerah," mengesahkan Alice
"Where's the duchess?"
"Di mana duchess?"
"Hush! Hush!" said the Rabbit
"Diam! Diam!" kata Arnab
"She's under sentence of execution"
"Dia di bawah hukuman mati"
"What is she being executed for?" asked Alice
"Untuk apa dia dihukum mati?" tanya Alice
"She scuffed the queen's ears," the rabbit began
"Dia mencalarkan telinga ratu," arnab itu bermula
the queen shouted in a voice of thunder
Permaisuri menjerit dengan suara guruh
"Get to your places!"
"Pergi ke tempat anda!"
and people began running about in all directions
dan orang ramai mula berlari ke semua arah
and they all tumbled up against each other
dan mereka semua jatuh antara satu sama lain
However, they got settled down in a minute or two
Walau bagaimanapun, mereka telah tenang dalam satu atau
dua minit
and then the game began
Dan kemudian permainan bermula
Alice had never seen such a curious croquet ground
Alice tidak pernah melihat tanah kroket yang begitu ingin
tahu
the grass was all ridges and furrows

rumput itu semua rabung dan alur
The croquet balls were real hedgehogs
Bola kroket adalah landak sebenar
and the mallets were real flamingos
dan palu itu adalah flamingo sebenar
and the soldiers stood on their hands and feet
dan askar-askar itu berdiri di atas tangan dan kaki mereka
because the arches was made from their bodies
kerana gerbang itu diperbuat daripada badan mereka
The players all played at once
Semua pemain bermain serentak
nobody waited for their turns
Tiada siapa yang menunggu giliran mereka
and everyone quarrelled with everyone
dan semua orang bertengkar dengan semua orang
and all were fighting for the hedgehogs
dan semua berjuang untuk landak
soon the queen was in a furious passion
Tidak lama kemudian ratu berada dalam keghairahan yang
marah
and she started stamping about and shouting
dan dia mula menghentak-hentakan dan menjerit
"Chop off his head!"
"Potong kepalanya!"
"Chop off her head!"
"Potong kepalanya!"
"Chop all their heads off!"
"Potong semua kepala mereka!"
Again Alice thought to herself
Sekali lagi Alice berfikir pada dirinya sendiri
"They're dreadfully fond of beheading people here"
"Mereka sangat gemar memenggal kepala orang di sini"
"the great wonder is that there's anyone left alive!"
"Keajaiban yang hebat ialah ada sesiapa yang masih hidup!"
She was looking about for some way of escape
Dia sedang mencari jalan untuk melarikan diri
she noticed a curious appearance in the air

Dia melihat penampilan ingin tahu di udara

"It's the Cheshire-cat," she said to herself

"Ia kucing Cheshire," katanya kepada dirinya sendiri

"now I shall have somebody to talk to"

"sekarang saya akan mempunyai seseorang untuk bercakap"

"How are you getting on?" said the cat

"Bagaimana khabar?" kata kucing itu

"I don't think they play at all fairly," Alice said

"Saya tidak fikir mereka bermain sama sekali dengan adil,"
kata Alice

and she had a rather complaining tone

dan dia mempunyai nada yang agak merungut

"they all quarrel so dreadfully"

"Mereka semua bertengkar dengan sangat mengerikan"

"one can't hear oneself speak"

"Seseorang tidak boleh mendengar diri bercakap"

"and they don't seem to play by any rules"

"Dan mereka nampaknya tidak bermain mengikut sebarang
peraturan"

the cat asked Alice a question in a low voice

kucing itu bertanya soalan kepada Alice dengan suara rendah

"How do you like the queen?"

"Bagaimana anda suka permaisuri?"

"I don't like her at all," said Alice

"Saya sama sekali tidak menyukainya," kata Alice

Alice thought she might as well go back
Alice fikir dia mungkin juga kembali
she wanted to see how the game was going
Dia mahu melihat bagaimana permainan itu berjalan
she went off in search of her hedgehog
dia pergi mencari landaknya
The hedgehog was busy fighting another hedgehog
Landak itu sibuk melawan landak lain
this was an excellent opportunity
Ini adalah peluang yang sangat baik
she could croquet one hedgehog with the other
dia boleh mengaroket satu landak dengan yang lain
but her flamingo was on the other side of the garden
tetapi flamingonya berada di seberang taman
the flamingo was rather clumsy
flamingo itu agak kekok
her flamingo was trying to fly up into a tree
flamingonya cuba terbang ke atas pokok
She caught the flamingo by the leg

Dia menangkap flamingo di kaki
and she tucked the flamingo away under her arm
dan dia menyelitkan flamingo itu di bawah lengannya
that way the flamingo couldn't escape again
dengan cara itu flamingo tidak dapat melarikan diri lagi
Just then Alice happened to meet the duchess
Ketika itu Alice kebetulan bertemu dengan duchess
The duchess was now out of prison
Duchess kini keluar dari penjara
She tucked her arm affectionately under Alice's arm
Dia menyelitkan lengannya dengan penuh kasih sayang di
bawah lengan Alice
and then they walked off together
dan kemudian mereka berjalan bersama
Alice was very glad to find her in such a pleasant temper
Alice sangat gembira mendapati dia dalam perangai yang
begitu menyenangkan
She was a little startled, however
Dia sedikit terkejut, bagaimanapun
she heard the voice of the duchess close to her ear
Dia mendengar suara duchess dekat telinganya
"You're thinking about something, my dear"
"Kamu sedang memikirkan sesuatu, sayangku"
"and that makes you forget to talk"
"Dan itu membuatkan anda lupa untuk bercakap"
"The game's going on rather better now," Alice said
"Permainan berjalan lebih baik sekarang," kata Alice
it was one way of keeping the conversation going
ia adalah salah satu cara untuk meneruskan perbualan
"it is so indeed," said the duchess
"memang begitu," kata Duchess
"and the moral of that is this:"
"Dan moral itu ialah ini:"
"It is love that does it all!"
"Cintalah yang melakukan semuanya!"
"Love is what makes the world go around"
"Cinta adalah apa yang membuatkan dunia berputar"

Alice had another explanation
Alice mempunyai penjelasan lain
"it's done by everybody minding his own business!"
"Ia dilakukan oleh semua orang yang memikirkan
perniagaannya sendiri!"
"Ah, well! You could be right"
"Ah, baiklah! Anda boleh betul"
"It all means much the same thing," said the Duchess
"Semuanya bermakna perkara yang sama," kata Duchess
and she dug her sharp little chin into Alice's shoulder
dan dia menggali dagu kecilnya yang tajam ke bahu Alice
"and the moral of that is this"
"dan moral itu ialah ini"
"Take care of the sense"
"Jaga akal"
"and then the sounds will take care of themselves"
"Dan kemudian bunyi akan menjaga diri mereka sendiri"
but then the duchess's arm began to tremble
Tetapi kemudian lengan duchess mula menggeletar
Alice looked up and there stood the queen
Alice mendongak dan di sana berdiri ratu
the queen had her arms folded
Ratu telah melipat tangannya
and she was frowning like a thunderstorm!
dan dia mengerutkan kening seperti ribut petir!
"I give you fair warning," shouted the queen
"Saya memberi anda amaran yang adil," jerit permaisuri
and she stomped on the ground as she spoke
dan dia memijak tanah semasa dia bercakap
"either your head or her head must be off"
"Sama ada kepala anda atau kepalanya mesti terlepas"
"Take your choice!"
"Ambil pilihan anda!"
"and be quick about it"
"dan cepat mengenainya"
The duchess made her choice
Duchess membuat pilihannya

and within a moment the duchess was gone
dan dalam sekejap duchess itu telah pergi
Then the queen spoke to Alice
Kemudian permaisuri bercakap dengan Alice
"Let's go on with the game"
"Mari kita teruskan permainan"
Alice was too frightened to say a word
Alice terlalu takut untuk mengatakan sepatah kata pun
and she slowly followed her back to the croquet-ground
dan dia perlahan-lahan mengikutinya kembali ke tanah kroket
the whole time the queen quarrelled with the other players
sepanjang masa Ratu bertengkar dengan pemain lain
"Chop off his head!"
"Potong kepalanya!"
"Chop off her head!"
"Potong kepalanya!"
"Chop all their heads off!"
"Potong semua kepala mereka!"
soon all the players were in custody
Tidak lama kemudian semua pemain ditahan
only the king, the queen, and Alice remained
hanya raja, permaisuri, dan Alice yang kekal
Then the queen left, quite out of breath
Kemudian ratu pergi, agak sesak nafas
and she walked away with Alice
dan dia pergi bersama Alice
Alice heard the king quietly say something
Alice mendengar raja dengan senyap-senyap mengatakan
sesuatu
"You are all pardoned"
"Anda semua diampuni"
but suddenly there was another cry heard
tetapi tiba-tiba terdengar tangisan lain
"The trial is beginning!"
"Perbicaraan bermula!"
and Alice ran along with the others
dan Alice berlari bersama yang lain

who stole the tarts?

Siapa yang mencuri tart?

The king and queen of hearts were seated

Raja dan ratu hati telah duduk

they were on their throne when Alice arrived

mereka berada di atas takhta mereka ketika Alice tiba

there was a great crowd assembled around them

Terdapat orang ramai berkumpul di sekeliling mereka

there were all sorts of little birds and beasts

Terdapat pelbagai jenis burung kecil dan binatang

and there was the whole pack of cards

dan terdapat keseluruhan pek kad

the knave was standing in front of them, in chains

pisau itu berdiri di hadapan mereka, dalam rantai

and there was a soldier on each side to guard him

dan ada seorang askar di setiap sisi untuk menjaganya

near the King was the white rabbit

berhampiran Raja ialah arnab putih

he had a trumpet in one hand

dia mempunyai sangkakala di satu tangan

and he had a scroll of parchment in the other hand

dan dia mempunyai skrol perkamen di tangan yang lain

In the very middle of the court was a table

Di tengah-tengah gelanggang terdapat sebuah meja

on the table was a large dish of tarts

Di atas meja terdapat hidangan tart yang besar

"I wish they'd get the trial done," Alice thought

"Saya harap mereka akan menyelesaikan perbicaraan," fikir Alice

"then we could eat some of those refreshments!"

"Kemudian kita boleh makan beberapa minuman itu!"

The judge, by the way, was the king
Hakim, dengan cara itu, adalah raja
and he wore his crown over his great wig
dan dia memakai mahkotanya di atas rambut palsunya yang besar
"That's the jury-box," thought Alice
"Itu kotak juri," fikir Alice
"and those twelve creatures, I suppose they are the jurors"
"dan dua belas makhluk itu, saya rasa mereka adalah juri"
some were animals, and some were birds
ada yang haiwan, dan ada yang burung
Just then the white rabbit cried out

Pada masa itu arnab putih itu menjerit
"Silence in the court!"
"Diam di mahkamah!"
"Herald, read the accusation!" said the king
"Herald, baca tuduhan itu!" kata raja
the white rabbit blew three blasts on the trumpet
Arnab putih meniup tiga letupan pada sangkakala
then he unrolled the parchment-scroll
kemudian dia membuka gulungan skrol perkamen itu
and he read as follows:
dan dia membaca seperti berikut:
"The queen of hearts, she made some tarts,"
"Ratu hati, dia membuat beberapa tart,"
"All this she did on a summer day"
"Semua ini dia lakukan pada hari musim panas"
"The knave of hearts, he stole those tarts"
"Pisau hati, dia mencuri tart itu"
"And he took those tarts far away!"
"Dan dia mengambil tart itu jauh!"
"Call the first witness," said the king
"Panggil saksi pertama," kata raja
and the white rabbit blew three blasts on the trumpet
dan arnab putih itu meniup tiga letupan pada sangkakala
"bring the first witness!" he called out
"Bawa saksi pertama!" dia memanggilnya
The first witness was the hat maker
Saksi pertama ialah pembuat topi
he came in with a teacup in one hand
Dia masuk dengan cawan teh di satu tangan
and he had a piece of bread and butter in the other hand
dan dia mempunyai sekeping roti dan mentega di tangan
yang lain
"You ought to have finished," said the King
"Kamu sepatutnya selesai," kata Raja
"When did you begin?"
"Bilakah kamu bermula?"
The hat maker looked at the march hare

Pembuat topi melihat arnab perarakan
the march hare had followed him into the court
arnab March telah mengikutinya ke mahkamah
he had walked arm in arm with the dormouse
dia telah berjalan bergandengan tangan dengan dormouse
"Fourteenth of March, I think it was," he said
"Empat belas Mac, saya rasa begitu," katanya
"Give your evidence," said the king
"Berikan buktimu," kata raja
"and don't be nervous, or I'll have you executed on the spot"
"dan jangan gementar, atau saya akan membunuh anda di
tempat kejadian"
This did not seem to encourage the witness at all
Ini nampaknya tidak menggalakkan saksi sama sekali
he kept shifting from one foot to the other
dia terus beralih dari satu kaki ke kaki yang lain
and he looked uneasily at the queen
dan dia memandang ratu dengan gelisah
and, in his confusion, he bit a large piece out of his teacup
dan, dalam kekeliruannya, dia menggigit sekeping besar dari
cawan tehnya
really he meant to bite from his bread and butter
benar-benar dia bermaksud untuk menggigit roti dan
menteganya
Just at this moment Alice felt a very curious sensation
Tepat pada masa ini Alice merasakan sensasi yang sangat
ingin tahu
she was beginning to grow larger again
dia mula membesar semula
The miserable hat maker dropped his teacup
Pembuat topi yang menyedihkan itu menjatuhkan cawan
tehnya
and the bread and butter fell to the ground
dan roti dan mentega jatuh ke tanah
and he went down on one knee
dan dia berlutut
"I'm a poor man, your majesty," he began

"Saya orang miskin, Yang Mulia," dia bermula
"You're a very poor speaker," said the king
"Kamu seorang penceramah yang sangat miskin," kata raja
"You may go," said the king
"Kamu boleh pergi," kata raja
and the hat maker hurriedly left the court
dan pembuat topi itu tergesa-gesa meninggalkan mahkamah
"Call the next witness!" said the king
"Panggil saksi seterusnya!" kata raja
The next witness was the duchess's cook
Saksi seterusnya ialah tukang masak duchess
She carried the pepper-box in her hand
Dia membawa kotak lada di tangannya
and the people near the door began sneezing all at once
dan orang-orang berhampiran pintu mula bersin sekaligus
"Give your evidence," said the king
"Berikan buktimu," kata raja
"I shall give no evidence," said the cook
"Saya tidak akan memberikan bukti," kata tukang masak itu
The king looked anxiously at the white rabbit
Raja memandang dengan cemas pada arnab putih itu
and the white rabbit spoke in a quiet voice
dan arnab putih itu bercakap dengan suara yang tenang
"your majesty must cross-examine this witness"
"Seri Paduka Baginda mesti memeriksa balas saksi ini"
"Well, if I must, I must," the king said
"Baiklah, jika saya perlu, saya mesti," kata raja
"What are tarts made of?"
"Tart diperbuat daripada apa?"
"tarts are made of pepper, mostly," said the cook
"Tart diperbuat daripada lada, kebanyakannya," kata tukang masak itu
For some minutes the whole court was in confusion
Selama beberapa minit seluruh mahkamah berada dalam kekeliruan
eventually they all settled down again
akhirnya mereka semua menetap semula

but by then the cook had disappeared
tetapi pada masa itu tukang masak itu telah hilang
"Never mind!" said the king
"Tidak kisah!" kata raja
"call to the stand the next witness"
"panggil saksi seterusnya"
Alice watched the white rabbit as he fumbled over the list
Alice memerhatikan arnab putih itu ketika dia meraba-raba
senarai itu
you can imagine her surprise at what she heard next
Anda boleh bayangkan keterkejutannya pada apa yang dia
dengar seterusnya
at the top of his shrill little voice, he called the name "Alice!"
di bahagian atas suara kecilnya yang melengking, dia
memanggil nama itu "Alice!"

Alice's evidence

Bukti Alice

"Here!" cried Alice

"Di sini!" jerit Alice

She jumped up in a great hurry

Dia melompat dengan tergesa-gesa

and she tipped over the jury-box

dan dia terbalik di atas kotak juri

and she knocked over all the jurymen

dan dia menjatuhkan semua juri

and they fell on to the heads of the crowd below

dan mereka jatuh ke kepala orang ramai di bawah

Alice was in great dismay

Alice sangat kecewa

"Oh, I beg your pardon!" she exclaimed

"Oh, saya mohon maaf!" dia berseru

"The trial cannot proceed," said the king

"Perbicaraan tidak boleh diteruskan," kata raja

"the jurymen must get back in their proper places"

"Juri mesti kembali ke tempat yang sepatutnya"

he repeated the order with great emphasis

Dia mengulangi perintah itu dengan penekanan yang besar

and he looked at Alice sternly

dan dia memandang Alice dengan tegas

**"What do you know about these events?" the king asked
Alice**

"Apa yang kamu tahu tentang peristiwa ini?" raja bertanya
kepada Alice

"I know nothing on the subject," said Alice

"Saya tidak tahu apa-apa mengenai perkara itu," kata Alice

The king then read from his book

Raja kemudian membaca daripada bukunya

"Rule forty two"

"Peraturan empat puluh dua"

"All persons more than a mile high are to leave the court"

"Semua orang yang lebih daripada satu batu tinggi akan
meninggalkan mahkamah"

"I'm not a mile high," said Alice
"Saya tidak setinggi satu batu," kata Alice
"Nearly two miles high," said the Queen
"Hampir dua batu tinggi," kata Ratu

"Well, I refuse to go," said Alice
"Baiklah, saya enggan pergi," kata Alice
The king turned pale
Raja menjadi pucat
and he shut his note-book hastily
dan dia menutup buku notanya dengan tergesa-gesa
"Consider your verdict," he said to the jury
"Pertimbangkan keputusan anda," katanya kepada juri
he spoke in a low, trembling voice
Dia bercakap dengan suara rendah dan gemetar
then the white rabbit spoke
Kemudian arnab putih itu bercakap
"There's more evidence to come yet"
"Terdapat lebih banyak bukti yang akan datang lagi"
and he jumped up in a great hurry
dan dia melompat dengan tergesa-gesa
"This paper has just been picked up"
"Kertas ini baru sahaja diambil"

"It seems to be a letter written by the prisoner"
"Nampaknya surat yang ditulis oleh banduan"
He unfolded the paper as he spoke
Dia membuka kertas itu semasa dia bercakap
"It isn't a letter, after all"
"Lagipun, ia bukan surat"
"what it was was a set of verses"
"Apa itu adalah satu set ayat"
"Please, your majesty," said the knave
"Tolong, Yang Mulia," kata pisau itu
"I didn't write those verses"
"Saya tidak menulis ayat-ayat itu"
"and they can't prove that I wrote anything"
"dan mereka tidak dapat membuktikan bahawa saya menulis
apa-apa"
"there's no name signed at the end"
"Tiada nama yang ditandatangani di penghujungnya"
the king spoke to the knave
Raja bercakap kepada knave
"You must have meant to cause some mischief"
"Kamu pasti bermaksud untuk menyebabkan kerosakan"
"else you'd have signed your name like an honest man"
"Jika tidak, anda akan menandatangani nama anda seperti
orang yang jujur"
There was a general clapping of hands
Terdapat tepukan tangan umum
and the king turned to the white rabbit
dan raja berpaling kepada arnab putih
"Read the verses," he ordered
"Baca ayat-ayat itu," perintahnya
There was dead silence in the court
Terdapat kesunyian yang mematikan di mahkamah
and the white rabbit read out the verses
Dan arnab putih membacakan ayat-ayat itu
They told me you had been to her
Mereka memberitahu saya bahawa anda telah pergi
kepadanya

And they mentioned me to him
Dan mereka menyebut saya kepadanya
She gave me a good character
Dia memberi saya watak yang baik
But she said I could not swim
Tetapi dia berkata saya tidak boleh berenang
He sent them word I had not gone
Dia menghantar berita kepada mereka bahawa saya tidak
pergi
We know it to be true
Kami tahu ia benar
**If she should push the matter on, what would become of
you?**
Sekiranya dia meneruskan perkara itu, apa yang akan berlaku
dengan anda?
I gave her one, they gave him two
Saya memberinya satu, mereka memberinya dua
You gave us three or more
Anda memberi kami tiga atau lebih
They all returned from him to you
Mereka semua kembali daripadanya kepada anda
although they were mine before
walaupun mereka adalah milik saya sebelum ini
If I or she should chance to be
Jika saya atau dia berpeluang untuk menjadi
If I or she were involved in this affair
Jika saya atau dia terlibat dalam urusan ini
He trusts to you to set them free
Dia percaya kepada anda untuk membebaskan mereka
Exactly as we were
Sama seperti kami
My notion was that you had been
Tanggapan saya ialah anda telah
Before she had this fit
Sebelum dia mempunyai kesesuaian ini
An obstacle that came between
Halangan yang datang antara

Him, and ourselves, and it
Dia, dan diri kita sendiri, dan itu
Don't let him know she liked them best
Jangan biarkan dia tahu dia paling menyukainya
For this must for ever be a secret, kept from all the rest
Kerana ini mesti selama-lamanya menjadi rahsia, dirahsiakan daripada semua yang lain
This secret must remain a secret between yourself and me
Rahsia ini mesti kekal rahsia antara anda dan saya
the king was very impressed
Raja sangat kagum
"That's the most important piece of evidence we've heard yet"
"Itulah bukti paling penting yang pernah kami dengar"
"I don't believe those verses carry an atom of meaning," objected Alice
"Saya tidak percaya ayat-ayat itu membawa atom makna," bantah Alice
the King had his own opinion on the matter
Raja mempunyai pendapatnya sendiri mengenai perkara itu
"If there's no meaning in those words, that saves a world of trouble"
"Jika tiada makna dalam kata-kata itu, itu menyelamatkan dunia yang penuh masalah"
"then we needn't try to find the meaning"
"Kalau begitu kita tidak perlu cuba mencari maknanya"
"Let the jury consider their verdict"
"Biarkan juri mempertimbangkan keputusan mereka"
"No, no!" said the queen
"Tidak, tidak!" kata permaisuri
"Sentencing first—verdict afterwards"
"Hukuman dahulu—keputusan selepas itu"
"Stuff and nonsense!" said Alice loudly
"Perkara dan karut!" kata Alice dengan kuat
"how silly it is to sentence the defendant first!"
"Betapa bodohnya menjatuhkan hukuman kepada defendan terlebih dahulu!"

"Hold your tongue!" said the queen, turning purple
"Pegang lidahmu!" kata permaisuri, bertukar ungu
"I will not hold my tongue!" said Alice
"Saya tidak akan menahan lidah saya!" kata Alice
the queen shouted at the top of her voice
Ratu menjerit dengan suara yang tinggi
"chop off her head!"
"Potong kepalanya!"
Nobody made a movement
Tiada siapa yang membuat pergerakan
"Who cares what you say?" said Alice
"Siapa yang peduli apa yang kamu katakan?" kata Alice
she had grown to her full size by this time
dia telah membesar ke saiz penuhnya pada masa ini
"You're nothing but a pack of cards!"
"Kamu tidak lain hanyalah sebungkus kad!"
At this, all the cards rose up in the air

Pada masa ini, semua kad naik di udara
and all the cards came flying down upon her
dan semua kad terbang ke atasnya
she gave a little scream
Dia menjerit sedikit
she was half afraid, but also angry
Dia separuh takut, tetapi juga marah
and she tried to fight the cards off of herself
dan dia cuba melawan kad daripada dirinya sendiri
and then she found herself lying on the grass bank
dan kemudian dia mendapati dirinya terbaring di tebing
rumput
her head was in the lap of her sister
kepalanya berada di pangkuan kakaknya
some dead leaves had landed on her face
beberapa daun mati telah mendarat di mukanya
and her sister was gently brushing the leaves away
dan kakaknya perlahan-lahan menyikat daun-daun itu
"Wake up, Alice dear!" said her sister
"Bangun, Alice sayang!" kata kakaknya
"what a long sleep you've had!"
"Tidur yang lama awak!"
"Oh, I've had such a curious dream!" said Alice
"Oh, saya mempunyai mimpi yang ingin tahu!" kata Alice
And she told her sister all she could remember
Dan dia memberitahu kakaknya semua yang dia ingat
**all the strange adventures that you have just been reading
about**
Semua pengembaraan pelik yang baru anda baca
Alice got up and ran off
Alice bangun dan melarikan diri
and she thought, while she ran, about her dream
dan dia berfikir, semasa dia berlari, tentang mimpinya
"what a wonderful dream it had been!"
"Sungguh mimpi yang indah!"